史上最強大好記實用日語

陳怡如 著

長谷川良成、齊藤輝良 審訂

作者序

原來台灣人學日語這麼輕鬆！

日語和中國漢字的淵源很深，許多日語漢字的意思不但與中文相通，連讀音也很相近，不像苦讀多年的英語，遇到不會的單字，無論再怎麼用力看，不會的還是不會。而身為台灣人的我們，就算從未接觸過日語，只要看了源自於中國漢字的日語，也能依稀懂得大略的意思，所以我們學習日語其實占了很大的優勢。若能從我們最熟悉的母語漢字開始學日語，並用我們最熟悉的讀音親近日語，學習日語絕對事半功倍，這也是筆者編寫此書的目的。

本書分成三個單元，第一單元：選出「**接近中文發音的日語**」，第二單元：選出「**接近台語發音的日語**」，第三單元：選出「**容易誤解的日語**」。第一單元和第二單元，擁有學習優勢的我們，可以藉此輕鬆學會日語。而第三單元特別選出易招致誤解的日語單字，例如：「<ruby>色男<rt>いろおとこ</rt></ruby>」（帥哥）。這些單字雖然同是漢字，但是真正的意思和日語相差很大，為了避免混淆誤用鬧笑話，也為了讓讀者感受中日語言的差異，所以特別藉此單元，幫讀者解開令人跌破眼鏡的中文意思。

本書精心蒐集了高達 1200 個單字，並延伸出類似相關單字、生活用語及慣用句，將好記的日語一網打盡，讓讀者從好記的日語單字開始學習，增加學習興趣，也讓讀者能了解日語是那麼的親切易學，並能有效率且無壓力地學習，進而提升日語能力。

熱衷日語教學的我，由衷地希望，讀者在熟讀本書之後，能對日語更具信心、學習更有興趣。最後，要感謝瑞蘭國際出版社的同仁和我最敬愛的長谷川良成先生、齊藤輝良先生的熱心協助，為本書辛苦的校正，本書才能順利完成，在此要向他們表達我深深的謝意。

如何使用本書

單字
高達 1200 個單字，一次掌握實用的日語，學習有效率！

重音
每個日語單字都加注音調，確實掌握標準發音！

索引
全書分為三個單元，分別是「很像中文的日語」、「很像台語的日語」、「容易誤解的日語」，針對三個單元特別製作側邊索引，好查好學習！

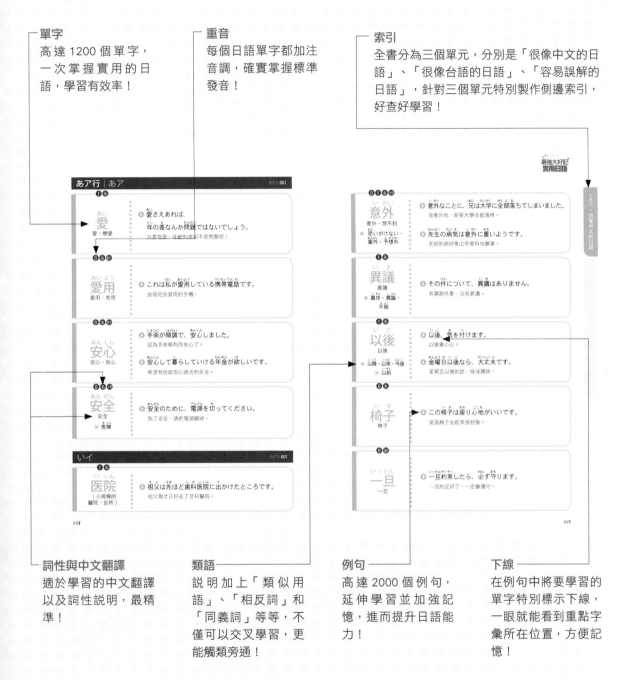

詞性與中文翻譯
適於學習的中文翻譯以及詞性說明，最精準！

類語
説明加上「類似用語」、「相反詞」和「同義詞」等等，不僅可以交叉學習，更能觸類旁通！

例句
高達 2000 個例句，延伸學習並加強記憶，進而提升日語能力！

下線
在例句中將要學習的單字特別標示下線，一眼就能看到重點字彙所在位置，方便記憶！

如何使用本書

五十音順
單字按五十音的順序排列，查閱便捷，效率加倍！

MP3 序號
附日籍名師親錄標準日語朗讀音檔 QR code，隨掃即聽，用聽的也能輕鬆學習！

ろ口　MP3-028

ろうにん
浪人
重考生
> 妹は去年大学受験に落ち、今は浪人中です。
> 妹妹去年大學落榜，現在是重考生。

ろうば
老婆
老太婆、
（苦口）婆心
⇔老女
> 痩せ細った老婆が河原に倒れているので、救急車を呼んでください。
> 消瘦的老太婆倒在河邊，所以請叫救護車。
> 大河さんの行為はただの老婆心からなので、誤解しないでください。
> 大河小姐的行為只是出於一片好心，所以請別誤會。

るル・れレ　MP3-028

らく
楽
輕鬆、簡單、舒服、容易
≒容易・簡単・易しい
⇔苦・大変・難しい
> 自分で車を運転するより、電車に乗ったほうが楽です。
> 搭電車比自己開車輕鬆。
> 幼稚園の先生の仕事は楽ではありません。
> 幼稚園老師的工作不輕鬆。

らち
拉致
綁架
> 少女が何者かに拉致され、数日後、死体で発見されました。
> 少女不知被什麼人綁架，幾天後，屍體被發現了。

わワ行｜わワ　MP3-029

われさきに
我先に
爭先恐後地
≒我勝ちに
> デパートの火事が発生した時、誰もが我先に出口から逃げ出しました。
> 百貨公司發生火災時，任誰都是爭先恐後地從出口逃了出來。

日本慣用語急轉彎

舌を巻く
嘖舌！？這是什麼意思呢？
① 佩服　　② 饒舌　　③ 口才好

① 佩服

るル・れレ

るす
留守
不在
> 夕べお宅に行ったけど、留守でした。
> 昨晚去了你家，但沒人在。
> 後で保険会社の人が来るので、居留守を使うことにしましょう。
> 待會保險公司的人要來，所以假裝不在家吧！

れいき
冷気
冷氣
> 夜になると、山の冷気は身にしみます。
> 一到晚上，山裡的寒氣會刺骨。

238

239

特大的字體
清楚的單字與日語標音，無需用放大鏡來學習日語！

日本姓氏
大量使用日本姓氏，藉由例句一併記憶！

日本慣用語急轉彎！
藉由小測驗，好玩好學習，慣用語立即能琅琅上口！

目次 CONTENTS

PART 1
很像中文的日語

PART 2
很像台語的日語

PART 3
容易誤解的日語

凡 例

❶❷❸❹：重音的位置

類 類似用語

反 相反詞

同 同義詞

文 文章用語

數 數量用詞

男 男性用語

女 女性用語

名 名詞

動 動詞

副 副詞

感 感嘆詞

ナ形 な形容詞＝形容動詞

自サ 名詞加「する」後成為自動詞

他サ 名詞加「する」後成為他動詞

自他サ 名詞加「する」後成為自動詞兼他動詞

連語 二個單字以上結合而成，表達某一特定意思

| PART 1 |

很像中文的
日語

❶名

あい
愛
愛、戀愛

▶ 愛さえあれば、
年の差なんか問題ではないでしょう。

只要有愛，年齡的差距不是問題吧！

❶名 他サ

あいよう
愛用
愛用、常用

▶ これは私が愛用している携帯電話です。

這個是我愛用的手機。

❶名 自サ

あんしん
安心
安心、放心

▶ 手術が順調で、安心しました。

因為手術順利而放心了。

▶ 安心して暮らしていける年金が欲しいです。

希望有份能安心過活的年金。

❶名 ナ形

あんぜん
安全
安全

反 危険

▶ 安全のために、電源を切ってください。

為了安全，請把電源關掉。

❶名

いいん
医院
（小規模的
醫院、診所）

▶ 祖父は先ほど歯科医院に出かけたところです。

祖父剛才正好去了牙科醫院。

01 名 ナ形

意外（いがい）

意外、想不到

類 思いがけない・案外・予想外（おもいがけない・あんがい・よそうがい）

▶ 意外（いがい）なことに、兄（あに）は大学（だいがく）に全部（ぜんぶ）落（お）ちてしまいました。

很意外地，哥哥大學全部落榜。

▶ 先生（せんせい）の病気（びょうき）は意外（いがい）に重（おも）いようです。

老師的病好像出乎意料地嚴重。

---

01 名

異議（いぎ）

異議

類 異存・異論・不服（いぞん・いろん・ふふく）

▶ その件（けん）について、異議（いぎ）はありません。

有關那件事，沒有異議。

---

01 名

以後（いご）

以後

類 以降・以来・今後（いこう・いらい・こんご）
反 以前（いぜん）

▶ 以後（いご）、気（き）を付（つ）けます。

以後會小心。

▶ 金曜日（きんようび）以後（いご）なら、大丈夫（だいじょうぶ）です。

星期五以後的話，就沒關係。

---

0 名

椅子（いす）

椅子

▶ この椅子（いす）は座（すわ）り心地（ごこち）がいいです。

這張椅子坐起來很舒服。

---

0 副

一旦（いったん）

一旦

▶ 一旦（いったん）約束（やくそく）したら、必（かなら）ず守（まも）ります。

一旦約定好了，一定會遵守。

⓪ 名 自サ

移動
いどう
移動

▶ 車を別の場所へ移動してください。

請把車子移到別的場所。

⓪ 名 他サ

異動
いどう
異動

▶ 来月、人事異動があるそうです。

聽説下個月會有人事異動。

⓪ 名 自サ

移民
いみん
移民

▶ 子供が大きくなったら、
アメリカへ移民するつもりです。

小孩子長大之後，打算移民到美國。

---

① 名

以来
いらい
以來

類 以降・以後

▶ あれ以来、井上さんとは会っていません。

那次以後，就沒和井上小姐見面了。

---

① ⓪ 名

医療
いりょう
醫療

▶ この病院は医療設備がよくないそうです。

聽説這家醫院醫療設備不好。

⓪ 名 他サ

印刷
いんさつ
印刷

▶ 藤田さんは印刷会社に勤めたことがあります。

藤田先生曾在印刷公司上班。

❸ 名

いんりょう
飲料
飲料

同 の もの・どりんく
飲み物・ドリンク

▶ あるこ る いんりょう ひか
アルコール飲料はお控えください。

請節制含有酒精的飲料

うウ・えエ

MP3-001

❸ 名

う ろん ちゃ
烏龍茶
烏龍茶

同 う ろん ちゃ
ウーロン茶

▶ たいわん う ろん ちゃ せ かいいち
台湾の烏龍茶は世界一です。

台灣的烏龍茶是世界第一。

---

❶ 名

えん し
遠視
遠視

反 きん し・きんがん
近視・近眼

▶ さいきん はは えん し こま
最近、母は遠視でとても困っています。

最近，母親因遠視而非常困擾。

---

❶ 名 他サ

えん そう
演奏
演奏

類 ひ
弾く

▶ あした きょく えんそう よ てい
明日はどんな曲を演奏する予定ですか。

明天預定演奏什麼樣的曲子呢？

---

❶ 名

えん そく
遠足
遠足

類 は い きん く
ハイキング・
ぴ く に っ く
ピクニック

▶ たいふう
台風のせいで、
あした えんそく ちゅう し
明日の遠足は中止になってしまいました。

都怪颱風，明天的遠足取消了。

0 名 ナ形

円満
えんまん
圓滿

▶ 紛争は円満に解決しました。
ふんそう えんまん かいけつ
紛爭圓滿解決了。

▶ 夫婦円満の秘訣は何ですか。
ふう ふ えんまん ひ けつ なん
夫婦圓滿的祕訣是什麼呢？

かカ行｜かカ

1 名

海外
かい がい
海外

類 **外国**
がいこく

▶ 夏休み、海外旅行に行きたいです。
なつやす かいがいりょこう い
暑假，想去國外旅行。

---

0 名

海岸
かい がん
海岸

類 **海辺・海浜・沿岸**
うみ べ かいひん えんがん

▶ 海岸通りに素敵なお店があります。
かいがんどお す てき みせ
在海岸的街上有不錯的店。

---

0 名

海鮮
かい せん
海鮮

類 **シーフード**
し ふ ど

▶ この店は海鮮料理で有名です。
みせ かいせんりょう り ゆうめい
這家店以海鮮料理聞名。

---

0 名

怪談
かい だん
怪談

▶ 私の友達は怪談が好きです。
わたし ともだち かいだん す
我的朋友喜歡鬼故事。

0 名 他サ

かいてん
開店
開店

類 開業・オープン
反 閉店

▶ 日本のデパートはほとんどが
午前１０時に開店します。

日本的百貨公司幾乎都在早上十點開門。

---

0 名 ナ形

かのう
可能
可能

反 不可能・不能

▶ 今度の試合に勝つ可能性は相当低いと
思います。

我認為這次比賽贏的可能性相當低。

---

0 名

からおけ
カラオケ
卡拉 OK

▶ 今夜一緒にカラオケに行きませんか。

今晚要不要一起去唱卡拉 OK 呢？

---

0 名 他サ

かんさつ
観察
觀察

▶ 趣味は野鳥の生態を観察することです。

興趣是觀察野鳥的生態。

---

0 名

かんしん
関心
關心、興趣

類 興味
反 無関心

▶ 政治には全然関心がありません。

對政治完全沒興趣。

---

0 名 ナ形 自他サ

かんそう
乾燥
乾燥、枯燥

▶ 最近は天気がかなり乾燥しています。

最近天氣相當乾燥。

0 名

寒帯
かん たい

寒帶
反 熱帯
ねったい

▶ 寒帯地域では樹木の生育は不可能に近いです。
かんたいち いき じゅもく せいいく ふ か のう ちか

寒帶地區樹木幾乎不可能生長。

---

3 0 名

寒天
かん てん

寒天

▶ 寒天はノンカロリーなので、
かんてん の ん か ろ り

ダイエット効果があります。
だ い え っ と こう か

寒天因為沒有卡路里，所以有減肥效果。

---

3 名

乾電池
かん でん ち

乾電池

▶ 単三の乾電池を２つ買ってきてください。
たんさん かんでん ち ふた か

請買二個三號的乾電池回來。

---

1 名 自他サ

観念
かん ねん

観念、死心

▶ そろそろ観念しなさい。
かんねん

差不多該死心了！

▶ うちの兄は時間の観念があまりありません。
あに じ かん かんねん

我哥沒什麼時間觀念。

---

0 名

看板
かん ばん

招牌、外表、關店

▶ 彼女はこの店の看板娘です。
かのじょ みせ かんばんむすめ

她是這家店的招牌。

▶ お客はもう来そうもないから、看板にしましょう。
きゃく き かんばん

客人好像不會再來了，所以關店吧！

---

0 名 他サ

慣用
かん よう

慣用

▶ 慣用に従って処理することにしました。
かんよう したが しょ り

決定依照慣例處理了。

0 名 自サ

かん れん
関連
關聯
類 **関係**
かんけい

▶ この事件に関連のない話は止めなさい。
じ けん　　かんれん　　　　　　はなし　　や

別說些與這事件無關的話。

きキ・くク・けケ　　　　　　　　　　　MP3-002

0 名 他サ

き ねん
記念
紀念

▶ 記念切手を集めています。
き ねんきって　　あつ

收集著紀念郵票。

▶ 今日は結婚十周年記念日ですから、外食しましょう。
きょう　けっこんじゅっしゅうねん き ねん び　　　　　　　　　　がいしょく

今天是結婚十週年紀念日，所以到外面吃飯吧！

---

0 名

ぎ もん
疑問
疑問

▶ 何か疑問な点があれば、
なに　ぎ もん　てん
何でもお尋ねください。
なん　　　　たず

有任何疑問的話，都可以詢問。

---

0 名

ぎ わく
疑惑
疑惑
類 **疑念**
ぎ ねん

▶ その疑惑はもう晴れました。
ぎ わく　　　　は

那個疑惑已經解除了。

---

0 名 自サ

きんえん
禁煙
禁菸

▶ 禁煙席をお願いします。
きんえんせき　　ねが

請給我禁菸區。

❶ 名

く なん
苦難
苦難
類 **こんなん 困難**

▷ <ruby>苦難<rt>くなん</rt></ruby>を<ruby>乗<rt>の</rt></ruby>り<ruby>越<rt>こ</rt></ruby>えてこそ、
<ruby>達成感<rt>たっせいかん</rt></ruby>が<ruby>得<rt>え</rt></ruby>られるのです。
正因超越苦難，才能獲得成就感。

❶ 名 自サ

げん いん
原因
原因
反 **けっか 結果**

▷ <ruby>事故<rt>じこ</rt></ruby>の<ruby>原因<rt>げんいん</rt></ruby>を<ruby>調<rt>しら</rt></ruby>べています。
正在調查車禍的原因。

▷ <ruby>喧嘩<rt>けんか</rt></ruby>の<ruby>原因<rt>げんいん</rt></ruby>は<ruby>何<rt>なん</rt></ruby>ですか。
吵架的原因是什麼？

こコ

❶ 名

こう えん
公園
公園

▷ <ruby>毎日<rt>まいにち</rt></ruby><ruby>犬<rt>いぬ</rt></ruby>を<ruby>連<rt>つ</rt></ruby>れて<ruby>公園<rt>こうえん</rt></ruby>を<ruby>散歩<rt>さんぽ</rt></ruby>します。
每天帶著狗在公園散步。

❶ 名 他サ

こう かい
公開
公開
反 **ひこうかい 非公開**

▷ この<ruby>秘密<rt>ひみつ</rt></ruby>は<ruby>絶対公開<rt>ぜったいこうかい</rt></ruby>しないでください。
請絕對別公開這個祕密。

❶ 名

こう ざ
口座
戶頭

▷ <ruby>午後<rt>ごご</rt></ruby>、<ruby>銀行<rt>ぎんこう</rt></ruby>へ<ruby>口座<rt>こうざ</rt></ruby>を<ruby>開<rt>ひら</rt></ruby>きに<ruby>行<rt>い</rt></ruby>きたいです。
下午，想去銀行開戶。

0 名 他サ

こうしん
更新
更新

類 こうかい・さっしん
更改・刷新

▶ パスポートの期限が来たので、
更新に行って来ました。

因為護照到期，所以去更新了。

---

0 名

こうぞう
構造
構造

類 つく
作り

▶ これから機械の構造について説明します。

接下來就機械的構造做說明。

---

0 名 ナ形

ごうまん
傲慢
傲慢

類 そんだい
尊大

▶ どんなに成功しても、
傲慢な態度は嫌われるだけです。

就算再怎麼成功，傲慢的態度只會令人討厭。

---

0 名

こうみょう
功名
功名

▶ 「怪我の功名」という言葉を
聞いたことがありますか。

有聽過「歪打正著、因禍得福」這個成語嗎？

---

1 名 ナ形 自サ

こんなん
困難
困難

類 くなん
苦難

▶ 計画の変更は困難です。

變更計畫會有困難。

❶名

さいがい
災害
災害

類 **さいか・さいなん**
災禍・災難

▶ **こんど**の**たいふう**の**災害**は思ったより**しんこく**です。
今度の台風の災害は思ったより深刻です。
這次颱風的災情比想像中還要嚴重。

---

❶❶名他サ

さいしゅ
採取
採取

▶ いくつかの**さんぷる**を**採取**して**くら**べてみましょう。
いくつかのサンプルを採取して比べてみましょう。
採取幾個樣品比較看看吧！

---

❶名

さいしん
最新
最新

反 **さいこ**
最古

▶ この**しょうせつ**は**わたし**の**さいしんさく**です。
この小説は私の最新作です。
這本小説是我的最新之作。

▶ **たいわんしんかんせん**には**さいしん**の**ぎじゅつ**が**つか**われています。
台湾新幹線には最新の技術が使われています。
台灣高鐵使用最新的技術。

---

❸名

さいなん
災難
災難

類 **さいか・さいがい**
災禍・災害

▶ **さくねん**は、**かぞ**え**き**れないほどの**さいなん**に**みま**われた
いちねんでした。
昨年は、数え切れないほどの災難に見舞われた
１年でした。
去年，是災難數不清的一年。

---

❶名

さいのう
才能
才能

類 **さいかく**
才覚

▶ あの**ひと**はとても**さいのう**のある**ひと**です。
あの人はとても才能のある人です。
那個人是非常有才能的人。

---

❶名他サ

さいばん
裁判
裁判、審判

類 **さば**き
裁き

▶ これから**さいばんかん**が**はんけつ**を**い**い**わた**します。
これから裁判官が判決を言い渡します。
接下來法官宣告判決。

⓪ 名 他サ

さいよう
採用
採用、錄用

▶ 社長は私の意見をあまり採用してくれません。
社長不太採用我的意見。

▶ うちの会社は、今度たくさんの人を採用したそうです。
聽說我們公司，這次錄用了很多人。

① 名

さ ぎ
詐欺
詐欺、詐騙

類 ぺてん

▶ 最近、詐欺集団が増えているので気を付けてください。
最近，因為詐騙集團增加，所以請小心。

② 名

さ とう
砂糖
砂糖

▶ コーヒーに砂糖を入れますか。
咖啡要加糖嗎？

▶ 砂糖はお好みで適当な量を入れてください。
糖請依自己的喜好放入適當的量。

① 名 他サ

さ べつ
差別
差別

反 平等（びょうどう）

▶ 今でもまだ、女性を差別待遇する職場は多いです。
即使到現在，職場上女性差別待遇的情形還是很多。

⓪ ナ形

ざん しん
斬新
斬新

▶ ずいぶん斬新なアイディアですね。
相當嶄新的點子呢。

❸ 名

算数
さんすう
算數

▸ 息子は算数がとても苦手です。
むすこ　さんすう　　　　にがて
兒子對算數很不拿手。

▸ 算数のテストで百点を取りました。
さんすう　て　す　と　ひゃくてん　と
算數考試拿了一百分。

---

❶ 名 自サ

惨敗
ざんぱい
惨敗

類 完敗・大敗・
かんぱい　たいはい
大負け
おお　ま

▸ 今度の試合は全くの惨敗でした。
こん　ど　しあい　まった　　ざんぱい
這次比賽輸得很慘。

---

❶ 名 ナ形

散漫
さん　まん
散漫

▸ 注意力の散漫には気を付けてください。
ちゅう　い　りょく　さんまん　　　き　つ
請小心注意力分散。

しシ

MP3-003

❶ 名

事件
じ　けん
事件

▸ その事件は今だに未解決のままです。
じけん　いま　み　かいけつ
那事件至今仍未解決。

---

❶ 名 自サ

自信
じ　しん
自信

▸ 彼はいつも自信満々です。
かれ　　　　じ　しんまんまん
他總是自信滿滿。

▸ 明日の試合には勝つ自信があります。
あした　しあい　　　か　じ　しん
我有自信贏得明天的比賽。

⓪名 自他サ

しっと
嫉妬
嫉妒

類 焼餅・妬み
やきもち・ねた

▶ 彼女は嫉妬深い人です。
かのじょ　しっと ぶか　ひと

她是嫉妒心很強的人。

⓪名 自サ

じつよう
実用
實用

▶ 見掛けはいくら綺麗でも、実用的じゃなければ
み か　　　　 きれい　　　　 じつようてき
買いたくないです。
か

就算外觀有多漂亮，如果不實用就不會想買。

⓪名 自サ

しつれん
失恋
失戀

▶ 失恋して落ち込んでいます。
しつれん　　お　こ

因失戀而心情沮喪。

⓪名

じどう
自動
自動

▶ そのドアは自動なので、押さなくてもいいです。
ど あ　　 じ どう　　　　　　 お

那扇門因為是自動的，所以不按也沒關係。

▶ 日本は自動販売機王国です。
に ほん　　 じ どうはんばい き おうこく

日本是自動販賣機的王國。

---

①名

しまい
姉妹
姉妹

反 兄弟
きょうだい

▶ あの姉妹は性格が全然違います。
しまい　せいかく　ぜんぜんちが

那對姊妹的個性完全不一樣。

⓪名

しゅうかん
習慣
習慣

類 癖・慣わし・風習
くせ・なら・ふうしゅう

▶ 私は寝る前にお風呂に入るのが習慣です。
わたし　ね　まえ　　ふ ろ　はい　　　 しゅうかん

我睡覺前有洗澡的習慣。

▶ 身に付いた悪い習慣は直すのが難しいです。
み　つ　　わる　しゅうかん　なお　　　むずか

養成的壞習慣，要改很難。

0 名 ナ形

じゅうよう
重要
重要

類 大切・肝要

▶ 結果がどうなるかは重要ではありません。
結果如何並不重要。

▶ この問題の重要性を分かってほしいです。
希望你知道這問題的重要性。

---

0 名 自他サ

しゅざい
取材
取材、採訪

▶ これは現地で取材したニュースです。
這是現場採訪的新聞。

▶ この小説は、実際にあった事件を取材して書かれたものです。
這本小説，是取材於真實事件所寫成的。

---

0 名 他サ

しゅっぱん
出版
出版

類 刊行

▶ 私の最新作は出版されたばかりです。
我的最新之作才剛出版。

---

0 名

じゅよう
需要
需要、需求

反 供給

▶ これは需要と供給の問題です。
這個是供需問題。

---

0 名 自サ

じゅんかん
循環
循環

▶ 運動は血液の循環をよくします。
運動能促進血液循環。

⓪ 名 他サ

使用
しよう
使用

▶ 使用した後、ちゃんとしまってください。
使用後請好好收好。

▶ このパソコンは故障しているから、使用できません。
這部電腦故障了，所以不能使用。

③ 名

条件
じょうけん
條件
類 要件・制約
ようけん　せいやく

▶ そういう条件は受け入れられません。
那樣的條件，我不能接受。

▶ 全部の条件が揃うことは、不可能に近いでしょう。
要全部的條件都具備，是近乎不可能的吧！

① 名 他サ

招待
しょうたい
招待

▶ 佐々木さんから食事に招待されました。
被佐佐木先生招待吃飯了。

⓪ 名

衝動
しょうどう
衝動

▶ 一時の衝動で家出などするものではありません。
不可以一時衝動做出離家出走之類的事。

▶ 女性が衝動買いするのは、日常茶飯事のことです。
女人衝動購物是家常便飯的事。

① 名

将来
しょうらい
將來
類 未来・今後
みらい　こんご

▶ 将来どうなるかは誰にも分かりません。
將來會變成怎樣誰也不知道。

▶ この若者は将来性がありそうです。
這位年輕人有前途的樣子。

①名

私立
しりつ

私立

反 公立・国立
こうりつ こくりつ

▶ 彼は私立の小学校に通っています。
かれ しりつ しょうがっこう かよ

他唸私立小學。

---

①名

市立
しりつ

市立

▶ ここは市立の図書館です。
しりつ としょかん

這裡是市立圖書館。

---

①名

芯
しん

芯

▶ 鉛筆の芯を削ってもらえませんか。
えんぴつ しん けず

可以幫忙削鉛筆芯嗎？

⓪名 ナ形

親愛
しんあい

親愛

▶ 親愛なる悦子さんへ（手紙の書き出し）
しんあい えつこ てがみ か だ

給親愛的悦子小姐（信的開頭）

⓪名 他サ

侵害
しんがい

侵害

▶ 著作権を侵害するのは犯罪です。
ちょさくけん しんがい はんざい

侵犯著作權是犯法的。

⓪名 自サ

侵入
しんにゅう

侵入

▶ 泥棒はここから侵入したそうです。
どろぼう しんにゅう

聽說小偷是從這裡侵入的。

類 闖入
ちんにゅう

0 名 自サ

しんにゅう
進入
進入

▶ ここは車の進入禁止となっています。

これは禁止車輛進入。

---

1 名

しんねん
新年
新年

類 正月・新春
反 旧年

▶ 新年明けましておめでとうございます。

新年恭喜！

---

1 名

しんねん
信念
信念

▶ 強い信念があれば、どんな難局も乗り越えられるはずです。

只要有堅強的信念，怎麼樣的困境也應該能夠超越。

---

0 名

しんぴん
新品
新品

反 中古品

▶ そろそろ新品に買い換えましょう。

差不多該換購新品了吧！

---

0 名 ナ形

しんみつ
親密
親密

反 疎遠

▶ あの 2 人はかなり親密な間柄のようです。

那二個人好像關係相當親密。

---

0 名 他サ

しんよう
信用
信用、信任

類 信頼

▶ 村上さんはあまり信用できない人だと思います。

我認為村上小姐是不太能信任的人。

0 名 他サ

しんらい
信頼
信頼、信任

類 **しんよう**
信用

- ▶ 竹内さんは信頼できる友達です。
  竹內先生是可以信賴的朋友。

- ▶ 人を信頼しすぎてはいけません。
  不可以太信任人。

---

1 名

しんり
心理
心理

類 **きもち**
気持ち

- ▶ 私には彼女の心理が全然分かりません。
  我完全不懂她的心。

---

0 名

しんりん
森林
森林

類 **もり**
森

- ▶ 森林の保護はとても重要です。
  森林的保護是非常重要的。

---

0 名

しんわ
神話
神話

類 **でんせつ**
伝説

- ▶ この物語はギリシャ神話が元になっています。
  這個故事源自於希臘神話。

---

0 名

すいみん
睡眠
睡眠

類 **ねむり**
眠り

- ▶ 睡眠はきちんと取るべきです。
  應該好好取得充分的睡眠。

- ▶ 睡眠薬はお控えください。
  安眠藥請勿過量。

- ▶ 最近忙しくて、睡眠不足です。
  最近因為忙而睡眠不足。

0 名

すい めん
水面
水面

類 水上
すいじょう

▶ たくさんの落ち葉が水面に浮かんでいます。
お　ば　すいめん　う

很多落葉浮在水面上。

▶ 地球温暖化の影響で、海水面の上昇が深刻な問
ちきゅうおんだんか　か　えいきょう　かいすいめん　じょうしょう　しんこく　もん
題になっています。
だい

因地球暖化的影響，海平面的上升成為嚴重的問題。

0 名

すう じ
数字
數字

▶ たった4歳で数字が読めるなんて、すごいです。
よんさい　すうじ　よ

才四歲就會讀數字，真是厲害。

▶ 幼稚園でアラビア数字を教わりました。
ようちえん　あらびあすうじ　おそ

在幼稚園學了阿拉伯數字。

せセ

MP3-003

0 名 自サ

せい こう
成功
成功

類 出世・成就
しゅっせ　じょうじゅ

反 失敗
しっぱい

▶ 努力しなければ成功は有り得ません。
どりょく　せいこう　あ　え

不努力的話是不可能成功的。

▶ 精一杯頑張って、絶対成功してみせます。
せいいっぱいがんば　ぜったいせいこう

我會盡全力努力的，絕對成功給你看。

▶ 「失敗は成功のもと」（ことわざ）
しっぱい　せいこう

「失敗為成功之母」（諺語）

0 名

せい たい
生態
生態

▶ 兄は大学で蟻の生態を研究しています。
あに　だいがく　あり　せいたい　けんきゅう

哥哥在大學研究螞蟻的生態。

❶名

せいめい
生命
生命
類 命（いのち）

▶ 登山家は生命の危険を冒してまで、頂上を目指します。

登山家甚至冒著生命危險，以登上山頂為目標。

---

❶名 他サ

せいり
整理
整理
類 整頓（せいとん）

▶ 書類を整理します。
整理文件。

▶ 引き出しの中をきちんと整理しなさい。
好好整理抽屜裡面！

---

❶名 自サ

せいりつ
成立
成立

▶ やっと交渉が成立しました。
終於談判成功了。

---

❶名 他サ

せっしゅ
摂取
攝取

▶ 健康のためには、色々な栄養を摂取したほうがいいです。

為了健康，攝取各種營養比較好。

---

❶❸名 他サ

せっとう
窃盗
竊盜

▶ あの人は窃盗を働いて逮捕されました。
那個人犯下竊盜被逮捕了。

---

❶名

ぜんちょう
前兆
前兆

▶ これはよいことの前兆です。
這是好事情的前兆。

❶ 名

ぜん ぶ
全部
全部

▶ 全部でいくらですか。
全部多少錢呢？

▶ 全部の費用を負担するつもりです。
打算負擔全部的費用。

▶ ピザは全部息子に食べられてしまいました。
披薩全部被兒子吃掉了。

❶ 名 他サ

せん よう
専用
專用

▶ ここは老人専用の席です。
這裡是老人專用的位子。

そソ
MP3-003

❶ 名 他サ

そう さ
捜査
捜査

▶ 警察は今度の事件を捜査し始めました。
警察開始捜査這次的事件。

▶ 犯罪の証拠を捜査しています。
正在捜査犯罪的證據。

❶ 名 ナ形

そう めい
聡明
聡明

類 けんめい
賢明

▶ 野村さんはとても聡明な人です。
野村先生是非常聡明的人。

▶ それは確かに聡明な判断です。
那的確是聡明的判斷。

⓪ 名 自サ

そん ざい
存在
存在

▶ この問題は今だに存在しています。
もんだい いま そんざい

這個問題至今依舊存在著。

⓪ 名 他サ

そん しつ
損失
損失

類 損害
そんがい

▶ 彼女を失ったことは、あなたにとって大きな損
かのじょ うしな おお そん
失だと思います。
しつ おも

我認為失去她，對你而言是很大的損失。

❸ 名 ナ形

だい たん
大胆
大膽

類 豪胆
ごうたん

反 弱虫・臆病
よわむし おくびょう

▶ 社長に不満を言うなんて、大胆すぎます。
しゃちょう ふ まん い だいたん

敢對社長表達不滿，太大膽了。

▶ 今回のファッションショーには、
こんかい
大胆なデザインを使いました。
だいたん で ざ いん つか

這次的時裝秀，採用了大膽的設計。

⓪ 名 他サ

だいひょう
代表
代表

▶ 彼の代表作はどれですか。
かれ だいひょうさく

他的代表作是哪一個呢？

▶ タピオカミルクティーは台湾を
た ぴ お か み る く てぃー たいわん
代表する飲み物です。
だいひょう の もの

珍珠奶茶是代表台灣的飲料。

❸名

たいふう
台風
颱風

▶ 天気予報によると、
台風は今夜上陸するそうです。

根據天氣預報,聽説颱風今晚登陸。

▶ 楽しみにしていた温泉旅行は、
結局台風のせいで行けなくなりました。

期待已久的溫泉之旅,結果因颱風而無法成行。

---

❶名 他サ

たいほ
逮捕
逮捕

反 **釈放**

▶ 彼は殺人の容疑で逮捕されました。

他以涉嫌殺人被逮捕了。

▶ あの誘拐犯はついに逮捕されました。

那個綁票犯終於被逮捕了。

---

❶名

たいま
大麻
大麻

類 **麻薬**

▶ 最近、大麻を密輸して逮捕される芸能人が多い
です。

最近因走私大麻而被逮捕的藝人很多。

---

❶名 ナ形

たいまん
怠慢
怠慢

類 **等閑**

▶ この店の店員はいつも態度が怠慢です。

這家店的店員態度總是很怠慢。

---

❶名 他サ

だいり
代理
代理

類 **代行・代わり**

▶ 中森さんはしばらくの間、社長の代理をしなけ
ればなりません。

中森先生必須暫時代理社長的工作。

① 名

たいよう
太陽
太陽

▶ 今日は太陽が出ていないので、洗濯しません。
今天太陽沒出來，所以不洗衣服。

⓪ 名 ナ形

たいりょう
大量
大量

反 **しょうりょう** 少量

▶ この製品はすごい人気で、今大量に生産されています。
這個產品很受歡迎，現在正大量生產。

⓪ 名 自サ

ださん
打算
打算、算計

類 **おもわく・けいさん** 思惑・計算

▶ 彼は打算的な人です。
他是會盤算的人。

---

② 名

たすう
多数
多數

反 **しょうすう** 少数

▶ 多数決で決めましょう。
以多數決確定吧！

⓪ 名 ナ形

たんじゅん
単純
單純

反 **ふくざつ** 複雑

▶ 菅野さんはとても単純な人です。
菅野小姐是很單純的人。

⓪ 名

たんしん
単身
單身

▶ 田中さんは会社の命令で、台湾に単身赴任しました。
田中先生因公司的命令，隻身調職到台灣了。

❸名他サ

だんねん
断念
斷念

類 あきら
諦める

▶ 青木さんを口説くのは、断念したほうがよさそうです。

放棄追求青木小姐好像比較好。

❶名他サ

たんれん
鍛錬
鍛鍊

類 れんま
練磨

▶ 今回の優勝は、厳しい鍛錬による賜物です。

這次冠軍,全拜嚴格的鍛鍊所賜。

ちチ
MP3-004

❶名

ちあん
治安
治安

▶ 日本は治安の良い国です。

日本是治安很好的國家。

▶ 最近、この辺りの治安は悪くなっているそうです。

聽說這附近的治安最近變得不好。

❶名

ちしき
知識
知識

▶ 若いうちに知識を多く吸収するべきです。

應該趁年輕多吸收知識。

❶名

ちめい
致命
致命

▶ 汚職問題は大統領にとって致命傷です。

瀆職問題對總統而言是致命傷。

①名自サ

ちゆ
治癒
治癒

▶ 手術をすれば、大体1週間ぐらいで治癒します。

動手術的話，大約一星期可以治癒。

⓪名他サ

ちりょう
治療
治療

類 **りょうじ**
療治

▶ 来週から、治療を受け始めることになりました。

決定從下個星期開始接受治療。

つツ

MP3-004

⓪名自サ

ついらく
墜落
墜落

類 **てんらく**
転落

▶ 昨日新聞を見て、飛行機が墜落したことを知りました。

昨天看報紙才得知墜機事件。

てテ

MP3-004

⓪名他サ

ていあん
提案
提案

類 **ていぎ・はつぎ・**
提議・発議・
はつあん
発案

▶ この提案が通過するのは難しいでしょう。

這個提案要通過很難吧！

▶ 菊池さんの提案に全会一致で賛成しました。

全會一致贊成菊池先生的提案。

⓪名他サ

てんか
添加
添加

▶ この店の食品は全て添加物を使用していません。

這家店的食品完全沒有使用添加物。

03 名

でんげん
電源
電源

▶ 修理する時は、まず電源を切ってください。
しゅうり　とき　　　　　でんげん　き

修理時，請先切斷電源。

0 名

てん さい
天才
天才

▶ 彼は生まれつきの天才です。
かれ　う　　　　　　てんさい

他是與生俱來的天才。

0 名

てん さい
天災
天災
反 人災
じんさい

▶ 大統領は天災に見舞われた人たちを訪問しました。
だいとうりょう　てんさい　み ま　　　　ひと　　　　ほうもん

總統探望天災受害者。

1 名

てん し
天使
天使

▶ 天使を見たことがありますか。
てん し　み

曾經看過天使嗎？

1 名

でん し
電子
電子

▶ アメリカにいる友人から 5 年ぶりに電子メールが届きました。
あ め り か　　　　ゆうじん　　　ごねん　　　でんし め ー る　とど

在美國的友人隔了五年寄來了電子郵件。

▶ 電子レンジを買い換えました。
でんし れんじ　か　か

買了新的微波爐。

0 副

てん てん
点々
點點

▶ 彼の傷口から血が点々と滴っています。
かれ　きずぐち　　ち　てんてん　したた

血從他的傷口點點滴落。

0 名 自サ

でんわ
電話
電話

▶ すみません、電話の声がちょっと遠いのですが……。

對不起，電話有點小聲……。

▶ 明日、先生に電話をしなければなりません。

明天必須打電話給老師。

0 名

とう あん
答案
答案

▶ まずは答案用紙に名前を書き入れてください。

請先在答案卷上寫下姓名。

0 名 自サ

どう い
同意
同意

類 賛同・同義

▶ 両親は私が日本へ留学することに同意してくれました。

雙親同意了我去日本留學的事。

0 名 他サ

とう いつ
統一
統一

類 統合
反 分裂

▶ サイズは統一したほうがいいです。

尺寸統一比較好。

0 名 ナ形

どう いつ
同一
同一

▶ 先生として、生徒を同一に扱う必要があります。

身為老師，對學生必須一視同仁。

０ 名 自サ

同感
どう かん

同感

類 共感・共鳴
きょうかん きょうめい

▶ あなたと全く同感です。
まった どうかん

完全和你同感。

---

０ 名

動機
どう き

動機

▶ 犯罪の動機は何ですか。
はんざい どうき なん

犯罪動機是什麼呢？

---

０ １ 名 他サ

投資
とう し

投資

類 出資・投下・投入
しゅっし とうか とうにゅう

▶ 会社の倒産で、投資したお金は全て水の泡で
かいしゃ とうさん とうし かね すべ みず あわ

す。

因公司倒閉，投資的錢全泡湯了。

---

０ 名

動詞
どう し

動詞

▶ 来週から日本語の動詞を勉強します。
らいしゅう にほんご どうし べんきょう

從下星期開始要學日文的動詞。

---

０ 名 自

逃走
とう そう

逃走

▶ 犯人はまだ逃走中です。
はんにん とうそうちゅう

犯人還在逃。

---

０ 名

動態
どう たい

動態

反 静態
せいたい

▶ 人口の動態を調査するのが、私の仕事です。
じんこう どうたい ちょうさ わたし しごと

調查人口動態，是我的工作。

0 名 他サ

投入
とうにゅう
投入

類 投資・出資・投下
とうし・しゅっし・とうか

▶ 投入した資本が多すぎました。
とうにゅう しほん おお

投入的資本過多了。

---

0 名

同年
どうねん
同年

類 同い年
おなどし

▶ あなたも私と同年だとは思いませんでした。
わたし どうねん おも

沒想到你也和我同年。

---

0 1 名 自サ

逃避
とうひ
逃避

類 回避
かいひ

反 直面
ちょくめん

▶ 現実を逃避してはいけません。
げんじつ とうひ

不可以逃避現實。

---

3 0 名

豆腐
とうふ
豆腐

▶ 豆腐は大豆から作られます。
とうふ だいず つく

豆腐是大豆做的。

---

0 名 自サ

投票
とうひょう
投票

▶ 今度の選挙は投票率が低いでしょう。
こんど せんきょ とうひょうりつ ひく

這次的選舉投票率很低吧！

---

1 名

糖分
とうぶん
糖分

▶ このケーキは糖分が高すぎるので、食べないほ
け とうぶん たか た
うがいいと思います。
おも

這個蛋糕糖分太高，所以我覺得不要吃比較好。

⓪ 名 自サ

とう みん
冬眠
冬眠

▶ 今頃はもう、熊は冬眠していると思います。

這個時候，我覺得熊已經冬眠了。

⓪ 名 ナ形

とう めい
透明
透明

反 不透明
ふ とうめい

▶ この化粧水は無色透明です。
け しょうすい　む しょくとうめい

這瓶化妝水是無色透明的。

⓪ 名 他サ

とう よう
盗用
盜用

▶ デザインを他社に盗用されました。
で ざ いん　　た しゃ　　とうよう

設計被其他公司盜用了。

⓪ 名 自サ

どう よう
動揺
動搖

▶ その知らせに、彼女は大変動揺しているようでした。
し　　　　　かのじょ　たいへんどうよう

她好像因為那個消息而大為動搖。

⓪ 名 自サ

とう らい
到来
到來

▶ 明日あたり、巨大な台風が到来するそうです。
あした　　　　きょだい　たいふう　とうらい

聽說明天前後，有強烈颱風到來。

⓪ 名 自サ

どう らん
動乱
動亂

▶ 政府は武器で動乱を鎮圧しました。
せいふ　ぶ き　どうらん　ちんあつ

政府用武器鎮壓了動亂。

❶ 名

道路
どうろ
道路

▶ 道路工事のため、ひどい渋滞です。
どうろこうじ　　　　　じゅうたい
由於道路施工，交通嚴重堵塞。

---

❶ 名 自他サ

討論
とうろん
討論
類 **議論**
ぎろん

▶ その問題は討論する必要がありません。
もんだい　　とうろん　　ひつよう
那個問題沒有必要討論。

---

❷ 名

童話
どうわ
童話

▶ 毎晩、子供に童話を読んであげます。
まいばん　こども　どうわ　よ
每天晚上都會唸童話書給小孩聽。

---

❶❷ 名 自サ

登山
とざん
登山

▶ 父は週末、ほとんど登山に出かけていて、家に
ちち　しゅうまつ　　　　とざん　で　　　　　うち
いません。
父親週末，幾乎都出門登山不在家。

---

❷ 副

突然
とつぜん
突然
類 **いきなり・突如**
とつじょ

▶ 突然聞かれて、答えられませんでした。
とつぜんき　　　こた
突然被問而答不出來。

▶ 帰る途中、突然雨が降り出して濡れてしまいま
かえ　とちゅう　とつぜんあめ　ふ　だ　ぬ
した。
回家路上，突然下起雨來而淋濕了。

0 名

ない せん
内線
内線

反 **がいせん**
外線

▶ 須藤さんの内線番号はいくつですか。
（すどう　ないせんばんごう）

須藤先生的內線號碼是幾號呢？

---

3 名

なっ とう
納豆
納豆

▶ 納豆は体にとてもいいです。
（なっとう　からだ）

納豆對身體非常好。

▶ 朝食に納豆と味噌汁は欠かせません。
（ちょうしょく　なっとう　みそしる　か）

早餐少不了納豆和味噌湯。

---

1 名 文

なん い
難易
難易

▶ 給料は仕事の難易によって決定します。
（きゅうりょう　しごと　なんい　けってい）

薪水因工作的難易而決定。

---

0 名

なん こう
軟膏
軟膏

▶ 火傷した場所に軟膏を塗りました。
（やけど　ばしょ　なんこう　ぬ）

在燙傷的地方塗上了軟膏。

---

1 名

なん ぶ
南部
南部

反 **ほくぶ**
北部

▶ 老後は南部の田舎でのんびり暮らすのが夢で
す。
（ろうご　なんぶ　いなか　ゆめ）

老了以後在南部鄉下悠閒度日是我的夢想。

---

0 名 他サ

にん しき
認識
認識

▶ 失敗の原因は私の認識不足にあります。
（しっぱい　げんいん　わたし　にんしきぶそく）

失敗的原因是我認識不足。

❶❸ 名 ナ形

ねっしん
熱心
熱心

▶ 父は仕事熱心な人です。
ちち　しごとねっしん　ひと

爸爸是熱衷工作的人。

▶ 来週テストがあるので、息子は珍しく熱心に勉強しています。
らいしゅうてすと　　　　むすこ　めずら　ねっしん　べんきょう

因為下個星期有考試，所以兒子難得認真讀著書。

❶ 名 他サ

ねつぞう
捏造
捏造

▶ その話は全くの捏造なので、信じてはいけません。
はなし　まった　ねつぞう　しん

那些話完全是捏造的，所以不可以相信。

❶ 名

ねったい
熱帯
熱帯

▶ さすが熱帯の国の果物は、とてもおいしいです。
ねったい　くに　くだもの

真不愧是熱帶國家的水果，非常好吃。

▶ 私は熱帯魚をたくさん飼っています。
わたし　ねったいぎょ　　　　か

我養很多熱帶魚。

❶ 名 自サ

ねんしょう
燃焼
燃焼

▶ 私は若い頃、学生運動にエネルギーを燃焼させていました。
わたし　わか　ころ　がくせいうんどう　えねるぎー　ねんしょう

我年輕的時候，在學生運動上燃燒著熱情。

❶ 名 ナ形

ねんしょう
年少
年少、年幼

類 **わかもの**
若者

▶ 彼女は年少の頃から、実に可愛かったです。
かのじょ　ねんしょう　ころ　じつ　かわい

她從年少時，就真的很可愛。

0 名

ねん だい
年代
年代
類 時代（じだい）

▶ 祖父（そふ）たちは戦争（せんそう）を経験（けいけん）した年代（ねんだい）です。

祖父們是經歷過戰爭的世代。

---

1 名

ねん ど
年度
年度

▶ 毎年（まいとし）、会計年度（かいけいねんど）はどうしていますか。

每年，怎麼處理會計年度呢？

---

0 名

ねん とう
念頭
心頭

▶ 彼（かれ）は他人（たにん）のことなど念頭（ねんとう）にありません。

他沒有把別人的事放在心上。

---

3 名

ねん りょう
燃料
燃料

▶ この船（ふね）はアルコールを燃料（ねんりょう）にしています。

這艘船以酒精為燃料。

---

0 名

ねん れい
年齢
年齢
類 歳（とし）・齢（よわい）

▶ 趣味（しゅみ）は年齢（ねんれい）によって変（か）わります。

興趣會因年齡而改變。

▶ この歌手（かしゅ）のファンの年齢層（ねんれいそう）は様々（さまざま）です。

這位歌手的歌迷的年齡層很廣。

▶ 参加者（さんかしゃ）の平均年齢（へいきんねんれい）はいくつですか。

參加者的平均年齡是幾歲呢？

01 名

のうし
脳死
脳死

▶ 脳死をもって「死」と見なすか否かは、人に
よって異なります。
脳死是否認定為「死」，因人而異。

1 名

のうりょく
能力
能力

類 ちから・りきりょう
力・力量・
ばわ
パワー

▶ あの人は未来を予知する能力を持っているらし
いです。
那個人好像擁有預知未來的能力。

▶ 超能力を信じますか。
相信超能力嗎？

はハ行 ｜ はハ

MP3-006

0 名 自サ

ばく はつ
爆発
爆發

▶ 今日、主人の長年の不満がついに爆発しまし
た。
今天老公長年的不滿終於爆發了。

0 名 自他サ

はっ せい
発生
發生

▶ この道は交通事故がよく発生するそうです。
聽説這條路常發生車禍。

0 名 他サ

はっぴょう
発表
發表

▶ 試験の結果はいつ発表されますか。
考試結果什麼時候發表呢？

⓪名

はん かん
反感
反感

類 反発
はんぱつ

反 好感
こうかん

▶ その毒舌では友達に反感を買うでしょう。
どくぜつ　　　　ともだち　はんかん　か

那種毒舌，會招致朋友的反感吧！

⓪名

はん ざい
犯罪
犯罪

類 犯行
はんこう

▶ 犯罪の動機は何ですか。
はんざい　どう き　なん

犯罪動機是什麼呢？

▶ 経済不況で失業率も犯罪率もかなり増しました。
けいざい ふ きょう　しつぎょうりつ　はんざいりつ　　　　ま

因為經濟不景氣，失業率和犯罪率也增加了不少。

---

①名 他サ

はん だん
判断
判斷

▶ 外見で人を判断しないでください。
がいけん　ひと　はんだん

請不要以外表來判斷人。

▶ この資料から判断すれば、間違いはないと思い
　し りょう　　　はんだん　　　　　まちが　　　　　　おも
ます。

若從這份資料來判斷，我認為沒有錯。

⓪名 他サ

はん ばい
販売
販賣

反 購入
こうにゅう

▶ その本はどこの本屋でも販売されています。
ほん　　　　　ほん や　　　はんばい

那本書任何書店都有賣。

---

③名

はん めん
反面
反面

▶ 彼はおとなしい反面、大胆なところもあります。
かれ　　　　　　　はんめん　だいたん

他雖然懂事，但也有大膽的另一面。

▶ その素材は水に強い反面、熱にとても弱いです。
そ ざい　みず　つよ　はんめん　ねつ　　　　　よわ

那個材料很防水，另一方面卻非常不耐熱。

鼻炎 (びえん)
鼻炎
0 名

▶ 姉は長いこと鼻炎に悩まされてきました。
姊姊長年被鼻炎所困擾。

避難 (ひなん)
避難
1 名 自サ
類 退避 (たいひ)

▶ 台風で川が増水したので、高いところに避難しました。
因颱風河川水位增高，所以到高處避難了。

▶ 火災現場から大至急避難してください。
請從火災現場趕快避難。

批判 (ひはん)
批判
0 名 他サ
類 非難 (ひなん)・批評 (ひひょう)

▶ 吉田さんの発言は、厳しい批判をたくさん受けました。
吉田先生的發言受到了許多嚴厲的批判。

皮膚 (ひふ)
皮膚
1 名

▶ 皮膚病にかかってしまいました。
罹患了皮膚病。

▶ すみません、皮膚科はどこですか。
對不起，皮膚科在哪裡呢？

▶ 最近、皮膚がひどく荒れて困っています。
最近因皮膚非常粗糙而傷腦筋。

美貌 (びぼう)
美貌
0 名

▶ 彼女の美貌に惑わされてはいけません。
不可以被她的美貌迷惑。

▶ 祖母はかつて大変な美貌の持ち主でした。
祖母曾經是大美女。

①名

ひ よう
費用
費用

▶ 予算が多くないので、費用は節約しなければなりません。

因為預算不多，所以必須節省開銷。

▶ 今度の旅行の費用はどのぐらいかかりますか。

這次旅行需要多少費用呢？

①名

びん
瓶
瓶

▶ 残った物を瓶に詰めました。

剩下的東西裝進瓶子了。

▶ この花束を花瓶に挿してください。

請把這個花束插入花瓶裡。

⓪名 ナ形

びん かん
敏感
敏感

類 鋭敏

反 鈍感

▶ 若者は流行にとても敏感です。

年輕人對流行非常敏感。

⓪名 ナ形

ひん ぱん
頻繁
頻繁

▶ ここでは頻繁に事故が起きるそうです。

聽說這裡車禍發生得很頻繁。

▶ 台湾は日本と頻繁に貿易をしています。

台灣和日本貿易頻繁。

▶ 最近、頻繁にミスを犯すので、社長に叱られてしまいました。

最近頻頻犯錯，所以被社長罵了。

①名

ひん ぷ
貧富
貧富

▶ 貧富の差がますます激しくなっていきます。
貧富差距越來越懸殊下去了。

⓪名ナ形

ふ あん
不安
不安

類 心配
反 安心

▶ 将来に不安を感じています。
對將來感到不安。

---

①名

ふう ふ
夫婦
夫婦

類 夫妻

▶ あの夫婦は仲がよさそうです。
那對夫婦的感情看起來不錯的樣子。

⓪名ナ形

ふ かい
不快
不快

類 不愉快

▶ 友達の飲み会に参加して、不快な思いをしました。
參加朋友的喝酒聚會，覺得不愉快。

▶ 何だか不快な匂いがしませんか。
不覺得有什麼怪味道嗎？

---

②名ナ形

ふ か のう
不可能
不可能

類 不能
反 可能

▶ 弟は不可能に挑戦するのが好きです。
弟弟喜歡向不可能挑戰。

⓪ 名 ナ形

ふくざつ
複雑

複雑

反 簡単・単純
（かんたん・たんじゅん）

▶ 結果を見て、とても複雑な気持ちになりました。
（けっか み ふくざつ きも）

看到結果，心情變得很複雜。

⓪ 名

ふくそう
服装

服装

類 身形・装い
（みなり・よそお）

▶ 聖子さんは服装のセンスがとてもいいです。
（せいこ ふくそう せんす）

聖子小姐對服裝很有品味。

⓪ 名 他サ

ふくよう
服用

服用

類 服薬
（ふくやく）

▶ この薬は毎日食後に服用してください。
（くすり まいにちしょくご ふくよう）

這個藥請每天飯後服用。

▶ 副作用の原因になるので、薬は決められた量を服用しましょう。
（ふくさよう げんいん くすり き りょう ふくよう）

因為會造成副作用，所以藥請定量服用吧！

⓪ 名

ふごう
富豪

富豪

類 大金持ち
（おおがね も）

▶ ビル・ゲイツは大富豪です。
（びる げいつ だいふごう）

比爾蓋茲是大富豪。

⓪ 名

ふざい
不在

不在

類 留守
（るす）

▶ 主人は出張に行っていて今は不在です。
（しゅじん しゅっちょう い いま ふざい）

我先生去出差現在不在。

▶ 私が不在の時に、誰か電話をくれましたか。
（わたし ふざい とき だれ でんわ）

我不在的時候，有誰打電話給我嗎？

⓪ 名 ナ形

ふしん
不信

不信

類 不実・不誠実
（ふじつ・ふせいじつ）

▶ 不信の目で見ないでください。
（ふしん め み）

請不要用不信任的眼光看人。

❶ 名 他サ

負担
ふたん
負擔

▶ 全ての費用を負担するつもりです。
すべ ひよう ふたん
打算負擔全部費用。

▶ この費用はみんなで負担するべきです。
ひよう ふたん
這個費用應該由大家來負擔。

▶ 心臓に負担をかけないように気を付けてください。
しんぞう ふたん き つ
請小心不要造成心臟的負擔。

❶❶ 名 ナ形

不断
ふだん
不斷、平常

同 ふだん・普段
ふだん

▶ 不断の努力をしないと、成功は不可能でしょう。
ふだん どりょく せいこう ふかのう
若沒有不斷的努力，不可能會成功吧！

▶ うちの社長は優柔不断で、社員はみな困っています。
しゃちょう ゆうじゅうふだん しゃいん こま
我們社長個性優柔寡斷，所以員工都很傷腦筋。

❶ 名

部長
ぶちょう
部長

▶ 兄は来月、部長に昇格することが決まったそう
あに らいげつ ぶちょう しょうかく き
です。
聽說哥哥下個月要晉升部長的事決定了。

❶ 名

物資
ぶっし
物資

▶ 被災地では物資がまだまだ乏しいそうです。
ひさいち ぶっし とぼ
聽說受災地物資還很缺乏。

❶ 名 自サ

腐敗
ふはい
腐敗

▶ あまりの暑さで、牛乳が腐敗してしまいました。
あつ ぎゅうにゅう ふはい
因為太熱，所以牛奶酸掉了。

▶ この国では政治の腐敗が当たり前のことになっています。
くに せいじ ふはい あ まえ
這個國家政治腐敗變成是理所當然的事了。

❶名

ぶ ぶん
部分
部分

▶ この映画のどの部分が好きですか。

喜歡這部電影的哪一部分呢？

---

❷名 ナ形

ふ へん
不変
不變

▶ 私のあなたへの愛は不変です。

我對你的愛不變。

---

❶名 ナ形

ふ べん
不便
不便

類 ふ じ ゆう
不自由

反 べん り
便利

▶ 買い物に不便な所に住んでいます。

住在買東西不方便的地方。

▶ アメリカでは、運転できないと生活がとても不便です。

在美國，不會開車的話，生活非常不方便。

---

❷名 ナ形

ふ まん
不満
不滿

類 ふ へい ふ ふく
不平・不服

反 まんぞく
満足

▶ お客さんは不満そうな顔をしています。

客人看起來好像很不滿的樣子。

▶ 岩崎さんが不満を言うのは当然だと思います。

我覺得岩崎小姐會提出不滿是理所當然的。

---

❷名 ナ形

ふ めい
不明
不明

▶ 事故の原因は不明です。

事故的原因不明。

▶ うちの犬は夕べ逃げ出して行方不明になりました。

我家的狗昨晚逃出去後就下落不明了。

2 名 ナ形

ふゆかい
不愉快
不愉快
類 不快 (ふかい)
反 愉快 (ゆかい)

▶ くだらない噂話を聞くと、不愉快な気分になります。

聽無聊的閒言閒語，心情就會變得不愉快。

---

0 名 ナ形

ふよう
不用
不用
反 入用 (にゅうよう)

▶ 不用になった子供の玩具と服をバザーに出しました。

小孩不用的玩具和衣服拿去義賣了。

---

0 名 ナ形

ふよう
不要
不要
類 無用 (むよう)
反 必要 (ひつよう)

▶ 不要な物があったら、こちらに捨ててください。

有不要的東西的話，請丟這邊。

---

2 名 ナ形

ぶようじん
不用心
不用心、粗心、危険
同 無用心 (ぶようじん)
反 用心 (ようじん)

▶ 不用心ですから、貴重品はきちんと身に付けておいてください。

因為會粗心，所以貴重物品請好好地放在身上。

▶ 深夜、女性が1人で外出するのは不用心です。

深夜，女性一個人外出很危険。

---

1 名 ナ形

ふり
不利
不利
反 有利 (ゆうり)

▶ わが社は今、不利な立場に立たされています。

我們公司現在正處於不利的立場。

▶ 彼は被告に不利な証言をしました。

他對被告做出了不利的證言。

ふりょう
不良 ⓪ 名 ナ形
不良
反 **良好・善良** りょうこう ぜんりょう

▶ 貧血の原因は栄養不良だったそうです。
ひんけつ げんいん えいよう ふ りょう

聽説貧血的原因是營養不良。

ぶんか
文化 ❶ 名
文化
類 **文明** ぶんめい

▶ 来月、フランスの大学と文化交流を行う予定で
らいげつ ふ ら ん す だいがく ぶんか こうりゅう おこな よてい
す。

下個月，預定和法國的大學進行文化交流。

ぶんさん
分散 ⓪ 名 自他サ
分散

▶ 部屋数が足りないので分散して
へ や かず た ぶんさん
宿泊しましょう。
しゅくはく

由於房間數不夠，所以分散住宿吧！

ぶんたん
分担 ⓪ 名 他サ
分擔
類 **手分** て わけ

▶ この仕事はみんなで分担しないと、
し ごと ぶんたん
時間が掛かります。
じ かん か

這份工作大家不一起分擔的話，會很花時間。

へへ MP3-006

へんどう
変動 ⓪ 名 自サ
變動

▶ 最近、物価の変動が激しいです。
さいきん ぶっか へんどう はげ

最近物價的變動很大。

0 名 自サ

べんぴ
便秘
便祕

私は睡眠不足のせいか、
便秘がちです。

不知道是不是睡眠不足的關係，我容易便祕。

---

1 名 ナ形

べんり
便利
便利
反 ふべん
不便

電車で行ったほうが便利です。

搭電車去比較方便。

このパソコンは旅行にも携帯にもとても便利です。

這台電腦不管是旅行還是攜帶都很方便。

ほホ

MP3-006

0 名 他サ

ぼういん
暴飲
暴飲

暴飲暴食は健康によくありません。

暴飲暴食對健康不好。

---

0 名

ぼうどう
暴動
暴動

政治暴動が起こっているので、旅行には行かないほうがいいです。

因為發生政治暴動，所以還是不要去旅行比較好。

---

3 名

ぼうふうう
暴風雨
暴風雨

昨夜、暴風雨が南部を襲ったそうです。

聽說昨晚，暴風雨襲擊了南部。

0 名

ほうりつ
法律
法律

▶ 法律では未成年者の喫煙を禁じています。
法律禁止未成年者吸菸。

▶ 全ての人は法律上平等です。
法律之前人人平等。

0 名 他サ

ほかん
保管
保管

▶ パスポートなどの貴重品をフロントに保管できます。
護照等貴重物品可以放飯店櫃台保管。

まマ行｜まマ

MP3-007

1 0 名 自サ

まひ
麻痺
麻痺
類 痺れ

▶ 彼女のお父さんは心臓麻痺で亡くなったそうです。
據說她的父親因心臟麻痺過世。

0 名

まやく
麻薬
麻藥、毒品

▶ あの芸能人は、麻薬の取引の疑いで捕まったことがあります。
那位藝人曾因涉嫌買賣毒品被逮捕過。

0 名 自サ

まんえん
蔓延
蔓延

▶ 大統領の今回のスキャンダルは世界中に蔓延しています。
總統這次的醜聞正在全世界蔓延著。

①名 ナ形 自サ

満足
まんぞく
満足

▶ 現状に満足しています。
げんじょう　まんぞく
満足於現狀。

▶ 現在の生活にとても満足しています。
げんざい　せいかつ　　　　　　　まんぞく
非常滿足於現在的生活。

⓪名

満天
まんてん
滿天

▶ ここからは満天の星を仰ぐことができます。
まんてん　ほし　あお
從這裡，可以仰望滿天的星星。

⓪③ナ形

満々
まんまん
滿滿

▶ 村上さんはいつも自信満々です。
むらかみ　　　　　　　　　じしんまんまん
村上小姐總是自信滿滿。

⓪③名

満面
まんめん
滿面

▶ 試合に勝ち、彼は得意満面でした。
しあい　か　　かれ　とくいまんめん
他因比賽獲勝而滿臉得意。

①名 ナ形

妙
みょう
妙、奇怪

▶ 昨夜、妙な夢を見ました。
ゆうべ　みょう　ゆめ　み
昨晚作了奇怪的夢。

❶名

みん い
民意
民意

▶ もっと民意を尊重するべきです。

應該更尊重民意。

❶❶名

みん しゅ
民主
民主

▶ 民主的に話し合いましょう。

用民主的方式談吧！

むム
MP3-007

❶名 他サ

む し
無視
無視

類 黙殺

▶ 赤信号を無視してはいけません。

不可以闖紅燈。

▶ 1人1人の声を無視してはいけません。

不可以忽略每一個人的聲音。

めメ
MP3-007

❶名

めい い
名医
名醫

▶ 将来は名医になりたいです。

將來想成為名醫。

❶名

めい てん
名店
名店

▶ この店はミシュランに選ばれた名店として知られています。

這家店以獲選為米其林之名店而聞名。

①名ナ形

めいよ
名誉
名譽

▶ これは会社の名誉に関わることです。

這是關係著公司名譽的事。

⓪名自他サ

めっきん
滅菌
滅菌

▶ 使う前、熱湯に入れて滅菌してください。

使用前,請放進熱水殺菌。

---

①名

めん
麺
麵

▶ 私はお米より麺類のほうが好きです。

比起飯,我比較喜歡吃麵。

⓪名

めんえき
免疫
免疫

▶ 息子は免疫力が弱く、しょっちゅう風邪を引きます。

兒子免疫力弱,所以時常感冒。

---

①⓪名

めんつ
面子
面子
同 メンツ
類 面目

▶ 私の面子を立ててください。

請給我點面子。

⓪名ナ形

めんみつ
綿密
綿密

▶ 先に綿密な計画を立てたほうがいいと思います。

我認為先建立周詳的計畫比較好。

⓪ 名 ナ形

もうれつ
猛烈
猛烈、強烈

類 激烈・熾烈

▶ ２人の結婚には、両親が猛烈に反対しているそうです。

聽説二人的婚姻遭父母強烈反對。

⓪ 名

も はん
模範
模範

類 規範

▶ 私は学生時代、模範生でした。

我在學生時代是模範生。

⓪ 名

も よう
模様
模様

▶ 私は花模様のついた傘を選びました。

我選了有花的圖樣的雨傘。

▶ 彼は来ない模様です。

他好像不會來的様子。

---

❸ 名

もん がい かん
門外漢
門外漢

反 専門科

▶ 私は法律に関しては門外漢です。

有關法律我是門外漢。

⓪ 名

やく よう
薬用
薬用

▶ この植物の根は薬用になります。

這個植物的根可以當藥用。

▶ アレルギー体質の娘のために、薬用石鹸を買いました。

為了過敏體質的女兒，買了藥用肥皂。

0 名 ナ形

ゆう かん
勇敢
勇敢

類 か かん
果敢

▶ おおつか
大塚さんは勇敢に癌と戦っています。

大塚先生勇敢地對抗著癌症。

---

1 名 ナ形

ゆう び
優美
優美

▶ あの女優は物腰がとても優美だと思います。

我認為那位女演員舉止非常優雅。

---

1 名

ゆう れい
幽靈
幽靈

類 ぼうれい ば
亡霊・お化け

▶ この世に幽霊が存在すると思いますか。

你覺得這世界上幽靈存在嗎？

---

1 0 名

ゆう れつ
優劣
優劣

類 こうおつ
甲乙

▶ どちらも優秀なので、優劣をつけるのは不可能
です。

因為都很優秀，所以無法比較優劣。

---

1 名 ナ形

ゆ かい
愉快
愉快

類 たの
楽しい

反 ふ ゆ かい
不愉快

▶ 今夜は愉快に飲みましょう！

今晚快樂地喝吧！

▶ 彼はとても愉快な人です。

他是非常快樂的人。

①名

よう
用
用

▶ 部長は急ぎの用で出かけています。
部長因為要事出門。

▶ これは小学生用の辞書です。
這是小學生用的字典。

⓪名

よういん
要因
要因

▶ 練習不足は失敗の要因になると思います。
我認為練習不夠是造成失敗的主要原因。

⓪名

ようかい
妖怪
妖怪
類 ばけもの
化物

▶ 妖怪と幽霊と鬼はそれぞれ違うものです。
妖怪和幽靈和鬼是各自不同的東西。

⓪名

ようす
様子
様子
類 もよう ふうさい
模様・風采・
そぶり
素振

▶ 何か悩んでいる様子です。
好像在煩惱著什麼的樣子。

▶ 今日、主人はどうも様子が変です。
今天我先生樣子好像怪怪的。

▶ 柴田さんはとても緊張した様子です。
柴田先生好像很緊張的樣子。

①名

ようそ
要素
要素

▶ 健康であることは幸せの 1 つの要素だと思います。
我認為健康是幸福的要素之一。

▶ まだ不確定要素があるため、すぐには決められません。
因為還有不確定的因素，所以沒辦法馬上決定。

0 名 ナ形

幼稚
ようち
幼稚

▶ それはあなたの幼稚な考え方にすぎません。
那只不過是你幼稚的想法。

▶ 娘は近くの幼稚園に通っています。
女兒唸附近的幼稚園。

---

0 名

用品
ようひん
用品

▶ ある友達はスポーツ用品店を経営しています。
有位朋友在經營運動用品社。

---

1 名

要務
ようむ
要務

▶ お茶を入れるのも私の要務の1つです。
泡茶也是我工作要務之一。

---

0 名

羊毛
ようもう
羊毛
類 ウール

▶ 羊毛はオーストラリアとニュージーランドの特産です。
羊毛是澳洲和紐西蘭的特產。

---

0 名 他サ

予言
よげん
預言
類 予測

▶ あの占い師の予言はよく当たるそうです。
聽說那位算命師的預言很準。

---

0 名

予算
よさん
預算

▶ これはちょっと予算オーバーです。
這個有點超出預算。

▶ 今はまだ車を買う予算がありません。
現在還沒有買車的預算。

らラ行 | らラ

0 名 自サ

らいてん
来店
來店

▶ またのご来店をお待ち申し上げております。

等待您的再度光臨。

0 名 自サ

らくせん
落選
落選

類 選外 せんがい
反 入選 にゅうせん

▶ 彼は選挙に落選し、ひどく落ち込んでいます。

他選舉落選，非常消沉。

0 名

らくてん
楽天
樂天

類 楽観 らっかん
反 悲観 ひかん

▶ もっと楽天的に考えたほうがいいと思います。

我覺得更樂天地去思考比較好。

0 名 他サ

らっかん
楽観
樂觀

反 悲観 ひかん

▶ 入院中の祖母の調子は、
あまり楽観できません。

住院的祖母的情況並不太樂觀。

▶ うちの娘は非常に楽観的で、失恋しても全然平気なようです。

我女兒非常樂觀，即使失戀也好像完全無所謂的樣子。

1 名

らん
蘭
蘭、蘭花

▶ 母は生前、蘭の花が大好きでした。

母親生前，非常喜歡蘭花。

①名

らん
欄
欄

▶ 名前は右上の欄に記入してください。

姓名請寫在右上方的欄位。

⓪名

らん　し
乱視
亂視

▶ 私は小さい時からずっとひどい乱視があります。

我從小就一直有很嚴重的亂視。

⓪名

らん　そう
卵巣
卵巢

▶ 姉は先週、卵巣摘出手術を受けて、静養中です。

姊姊上星期接受卵巢摘除手術，正在靜養中。

⓪③名ナ形

らん　まん
爛漫
爛漫

▶ 彼女は天真爛漫な性格です。

她有天真爛漫的性格。

⓪名他サ

らん　よう
濫用
濫用

類　らんよう
乱用

▶ 職権を濫用してはいけません。

不可以濫用職權。

りり
MP3-009

①名

り　がい
利害
利害

類　そんとく
損得

▶ あの人は自分の利害ばかり考えていると思いませんか。

不覺得那個人只考慮到自己的利害嗎？

①名

利子
りし

利息

類 利息
りそく

反 元金
もときん

▶ 今、預金の利子はすごく低いです。
いま　よきん　りし　　　　　　ひく

現在存款的利息非常低。

---

①名

理念
りねん

理念

▶ 先代の経営理念に基づき、取り組んでいく所存
せんだい　けいえいりねん　もと　　　と　く　　　　　　しょぞん
です。

打算依據上一代的經營理念繼續努力。

⓪名自サ

離別
りべつ

離別

類 離縁・別離
りえん　べつり

▶ 彼女は子供の時に、母親と離別したそうです。
かのじょ　こども　とき　　ははおや　りべつ

聽說她小時候就和母親離別。

---

①名

裏面
りめん

裡面、背面

反 表面
ひょうめん

▶ 裏面にもご記入ください。
りめん　　　きにゅう

背面也請填好。

⓪名

流感
りゅうかん

流感

類 インフルエンザ
いんふるえんざ

▶ 今、流感が流行っています。
いま　りゅうかん　はや

現在流行性感冒正在流行。

---

①名ナ形

流暢
りゅうちょう

流暢

▶ 彼女は日本語が流暢に話せて、とても羨ましい
かのじょ　にほんご　りゅうちょう　はな　　　　　　　うらや
です。

非常羨慕她能說一口流利的日語。

0 名 他サ

利用（りよう）
利用
類 活用（かつよう）

▶ 仕事ではコンピューターをよく利用します。
在工作上時常利用電腦。

▶ これらの廃棄物は相当な利用価値があります。
這些廢棄物有相當的利用價值。

3 0 名

両面（りょうめん）
両面
類 両側（りょうがわ）
反 片面（かためん）

▶ このコートは両面とも着られます。
這件外套兩面都可以穿。

0 1 名

良薬（りょうやく）
良藥

▶ 「良薬は口に苦し」（ことわざ）
「良藥苦口」（諺語）

0 名

両用（りょうよう）
兩用

▶ これは水陸両用の戦車です。
這是水陸兩用的戰車。

0 名 自サ

療養（りょうよう）
療養
類 養生（ようじょう）

▶ 手術が終わり次第、実家へ療養に帰る予定です。
預定手術結束後，馬上回娘家療養。

❶ 名 他サ

りょう り
料理
料理

類 調理（ちょうり）

▶ この料理はおふくろの味がします。

這道菜有媽媽的味道。

▶ マーボー豆腐は私の得意料理です。

麻婆豆腐是我的拿手菜。

▶ 料理の中で一番得意なものは何ですか。

料理中，最拿手的是什麼呢？

❶ 名 自サ

りょうりつ
両立
兩立、並存

類 共存（きょうそん）・並立（へいりつ）

▶ 家庭と仕事を両立させられるよう頑張ります。

努力讓家庭和工作都能兼顧。

❶ 名

り ろん
理論
理論

反 実践（じっせん）

▶ 理論の上では問題はありませんでした。

理論上沒有問題。

❶ 名

りん
鈴
鈴

類 ベル

▶ 鈴（すず）は「鈴（りん）」と読（よ）むこともできます。

鈴也可以唸成「鈴」。

❶ 名

りん かい
臨海
臨海

▶ 来年、臨海に引っ越すことになりました。

明年，決定要搬到臨海的地方。

❶名

りん ごく
隣国
鄰國
類 隣邦
りんぼう

▶ タイの隣国はどこですか。
たい　　りんごく

泰國的鄰國是哪裡呢？

❶名自サ

りん りつ
林立
林立

▶ 高層ビルが林立しています。
こうそう び る　　りんりつ

高層大樓林立。

❶名自他サ

るい せき
累積
累積
類 累加
るい か

▶ 長い間、累積していた怒りが、ついに爆発して
なが　あいだ　るいせき　　　　　いか　　　　　ばくはつ
しまいました。

長久以來累積的憤怒，終於爆發了。

❶名

るい せん
涙腺
涙腺

▶ 彼女は涙腺が弱く、すぐ泣きます。
かのじょ　るいせん　よわ　　　　な

她淚腺發達，立刻就哭。

❶名

るい はん
累犯
累犯

▶ 初犯者と累犯者の割合は半々くらいだそうで
しょはんしゃ　るいはんしゃ　わりあい　はんはん
す。

聽說初犯和累犯的比例大約是一半一半。

❸ 名 ナ形

れい たん
冷淡
冷淡

類 **れいぜん** 冷然

▶ 彼女は誰にでも、冷淡な態度をとります。
かのじょ だれ れいたん たいど

她不管對誰，都採取冷淡的態度。

⓪ 名 他サ

れい とう
冷凍
冷凍

反 **かいとう** 解凍

▶ あまった肉類は冷凍することにしています。
にくるい れいとう

決定要把多的肉冷凍起來。

⓪ 名 他サ

れい はい
礼拝
禮拜（宗教）

▶ 毎週日曜日、教会の礼拝に出席しています。
まいしゅうにちようび きょうかい れいはい しゅっせき

每星期日出席教會的禮拜。

⓪ 名 ナ形

れっ せい
劣勢
劣勢

反 **ゆうせい** 優勢

▶ 劣勢に立たされても最後まで頑張りました。
れっせい た さいご がんば

即使處於劣勢，也依然努力到最後。

⓪ 名 ナ形

れっ とう
劣等
劣等

反 **ゆうえつ** 優越

▶ 劣等感をいかに克服すべきか教えてください。
れっとうかん こくふく おし

請告訴我應該如何克服自卑感呢？

⓪ 名 自サ

れん あい
恋愛
戀愛

類 **こい** 恋

反 **しつれん** 失恋

▶ 今はまだ恋愛の相手が見つかっていません。
いま れんあい あいて み

現在還沒有找到戀愛的對象。

❶ 名 ナ形

れん か
廉価
廉價
反 **こう か**
高価

▶ **とうてん   で じ か め   れん か   はんばい**
当店ではデジカメを廉価で販売しています。

我們店裡以低廉的價格販賣數位相機。

---

❶ 名 他サ

れん さい
連載
連載

▶ **かのじょ   れんさいしょうせつ   さっ か**
彼女は連載小説の作家です。

她是連載小說的作家。

---

❶ 名

れん じつ
連日
連日

▶ **れんじつ   あめ   ほ   もの   かわ**
連日の雨で、干し物はまだ乾いていません。

連日的下雨，洗的衣服還沒乾。

---

❶ 名 他サ

れんしゅう
練習
練習
類 **けい こ**
稽古・
と れ にん ぐ
トレーニング

▶ **れんしゅう   つ   かさ   たいせつ**
練習の積み重ねが大切です。

重複地練習是很重要的。

▶ **れんしゅう   じょうたつ**
もっと練習すれば、きっと上達します。

多加練習的話，一定會進步。

▶ **れんしゅう ぶ そく   げんいん   し あい   ま**
練習不足が原因で、試合に負けてしまいました。

因練習不夠，輸了比賽。

▶ **ぴ あ の   じょうたつ   ふ だん   れんしゅう   か**
ピアノが上達するためには、不断の練習が欠かせません。

要學好鋼琴，不斷地練習是不可欠缺的。

---

❶ 名 自サ

れんしょう
連勝
連勝
反 **れんぱい**
連敗

▶ **し あい   さんれんしょう   もくひょう**
試合で３連勝するのが目標です。

目標是比賽三連勝。

0 名 自サ

れんたい
連帯
連帯

> ^{かいしゃ}会社がもし潰れたら、あなたにも^{れんたいせきにん}連帯責任があります。
> 如果公司倒閉的話，你也有連帶責任。

1 名 自サ

れんぱ
連覇
連霸

> ^{ぜんこくたいかい}全国大会で２^{にれんぱ}連覇しました。
> 全國大會二連霸。

0 名 自他サ

れんぱつ
連発
連發

反 ^{たんぱつ}単発

> ^{じゅぎょうちゅう}授業中にくしゃみを^{れんぱつ}連発してしまい、とても恥^はずかしかったです。
> 上課中不斷打噴嚏，好丟臉。

1 名

れんや
連夜
連夜

類 ^{まいばん}毎晩

> ^{せんしゅう}先週、地震に遭ってから、^{れんやあくむ}連夜悪夢を見ます。
> 上星期發生地震之後，連夜作惡夢。

0 名 自他サ

れんらく
連絡
聯絡

類 ^{つうほう}通報

> ^{にほん}日本に着いたら、必ず^{れんらく}連絡します。
> 到達日本之後，一定會和你聯絡。

> ^{かいしゃ}会社にすぐ^{れんらく}連絡してください。
> 請馬上和公司聯絡。

> ^{せんせい}先生とは^{れんらく}連絡がまだ取れていません。
> 還無法和老師取得聯絡。

> ^{れんらくさき}連絡先を教えてください。
> 請告訴我通訊處。

❻名

ろう ご
老後
老後

▶ 老後、安心して暮らしたいなら、一生懸命働くべきです。

如果年老之後想要安心地過生活，就應該努力工作。

❻名

ろう じん
老人
老人

類 年寄り

▶ 高齢化社会によって、老人ホームがだいぶ増えました。

由於高齡化社會，養老院大幅增加了。

❻名自サ

ろう すい
漏水
漏水

類 水漏れ

▶ 漏水箇所が見つかりません。

找不到漏水的地方。

❻名自サ

ろう でん
漏電
漏電

▶ 漏電による火事だったそうです。

據說是因漏電而引起火災。

❻名自サ

ろう どう
労働
勞動

▶ 毎日平均8時間ぐらい労働しています。

每天平均工作八個小時左右。

❻名

ろう ねん
老年
老年

反 若年

▶ 老年になったら田舎で暮らしたいです。

老了以後想在鄉下生活。

0 名 自他サ

ろ しゅつ
露出
露出

▶ 海辺で肌を露出していたので、だいぶ日焼けしてしまいました。

因為在海邊露出了肌膚，所以曬得相當黑。

0 名

ろ せん
路線
路線

▶ 工事中ですから、路線変更してください。

施工中，所以請變更路線。

0 名

ろ てん
露天
露天

▶ 日本で初めて露天風呂に入る時は、とても恥ずかしかったです。

在日本第一次泡露天溫泉時，覺得很不好意思。

0 1 名

ろ めん
路面
路面

▶ この辺りの路面は凹凸がひどいので、足元に気を付けてください。

這附近的路面凹凸得很厲害，所以請留心腳步。

0 名

ろん ぶん
論文
論文

▶ 卒業論文は来週締め切りです。

畢業論文下星期截止。

0 名

わだい
話題
話題

◎ 話題を逸らさないでください。

請不要岔開話題。

1 名

わん
湾
灣

◎ この船はもうすぐ東京湾に入ります。

這艘船即將進入東京灣。

0 名

わん
碗
碗

◎ お碗が段ボールの中に入っているので、気を付けてください。

碗裝在瓦楞紙箱裡，所以請小心。

日本慣用語
急轉彎

あたま き
頭が切れる
頭切掉了！？這是什麼意思呢？

① 斬首示眾　　② 被開除　　③ 聰明伶俐

正解：③

| PART 2 |

很像台語的
日語

❶ 名 他サ

あい こ
愛顧
惠顧
類 引立て（ひきた）

▶ 永年（ながねん）のご愛顧（あいこ）に感謝（かんしゃ）いたします。
感謝多年來的愛護照顧。

❶ 名

あいしゅう
哀愁
哀愁
類 哀感（あいかん）

▶ 悲（かな）しい唄（うた）を聴（き）くといつも哀愁（あいしゅう）を感（かん）じます。
聽悲傷的歌總是會感覺到哀愁。

❶ 名

あいじん
愛人
愛人、情夫、情婦

▶ 高田（たかだ）さんは木村（きむら）さんの愛人（あいじん）です。
高田小姐是木村先生的情婦。

❶ 名 他サ

あい とう
哀悼
哀悼
類 哀惜（あいせき）

▶ 謹（つつし）んで哀悼（あいとう）の意（い）を表（ひょう）します。
謹表示我哀悼之意。

❶ 名 ナ形

あい まい
曖昧
曖昧、可疑、不明確
類 あやふや・
どっちつかず

▶ 彼女（かのじょ）の態度（たいど）はいつも曖昧（あいまい）で困（こま）ります。
她的態度總是曖昧不明令人困擾。

❶ 名 自サ

あく しゅ
握手
握手、和好

▶ 握手（あくしゅ）して仲直（なかなお）りしましょう。
握手言和吧！

❶ 名 他サ

あんさつ
暗殺
暗殺

▶ ケネディ大統領は暗殺されました。
甘迺迪總統被暗殺了。

❶ 名 他サ

あんじ
暗示
暗示

類 ヒント・手がかり
反 明示

▶ 「夢辞典」で、昨日の夢が何を暗示しているのか調べました。
用「夢辭典」查了昨天的夢暗示著什麼。

❶ 名 自サ

あんてい
安定
安定

反 不安定

▶ 安定した職業につきなさい。
找份安定的工作！

▶ 安定した生活をしたいです。
想過安定的生活。

❸ 名 他サ

あんない
案内
嚮導、熟悉、邀請

類 ガイド

▶ 台湾に遊びに来たら、案内します。
來台灣玩的話，為你做嚮導。

▶ この近くは不案内です。
這附近不太熟悉。

いイ

MP3-011

❶ 名

いがく
医学
醫學

▶ 将来は医学部に入りたいです。
將來想進醫學系。

❶名

意義 (いぎ)
意義、意思
類 意味 (いみ)

▶ 私(わたし)にとっては大(おお)きな意義(いぎ)があります。
對我而言，有很大的意義。

❶名 自他サ

意見 (いけん)
意見、忠告
類 見解(けんかい)・考(かんが)え・所見(しょけん)

▶ あなたの意見(いけん)を聞(き)かせてください。
請讓我聽聽你的意見。

▶ 何(なに)か意見(いけん)はありませんか。
有沒有什麼意見呢？

▶ 主人(しゅじん)とはいつも意見(いけん)が合(あ)いません。
和老公總是意見不合。

❶名

遺産 (いさん)
遺産

▶ 金子(かねこ)さんは両親(りょうしん)から多(おお)くの遺産(いさん)を受(う)け継(つ)ぎました。
金子先生從父母那邊繼承了很多遺產。

❶名 他サ

維持 (いじ)
維持
類 保持(ほじ)

▶ 現状(げんじょう)を維持(いじ)して頑張(がんば)りましょう。
維持現況加油吧！

❶名

以前 (いぜん)
以前
反 以後(いご)・以降(いこう)

▶ 以前(いぜん)は映画(えいが)をよく見(み)ました。
以前常去看電影。

▶ 以前(いぜん)、日本(にほん)へ留学(りゅうがく)したことがあります。
以前曾留學過日本。

⓪ 名 ナ形

偉大
（いだい）
偉大
類 偉い（えらい）

▶ 小出（こいで）さんは偉大（いだい）な人物（じんぶつ）です。
小出先生是偉大的人物。

① 名

以内
（いない）
以內

▶ 5000円以内（ごせんえんいない）なら買（か）います。
五千日圓以內的話就買。

▶ 1時間以内（いちじかんいない）で空港（くうこう）につきます。
一個小時以內抵達機場。

▶ 10分以内（じゅっぷんいない）で戻（もど）れますか。
十分鐘之內回得來嗎？

⓪ 名 自他サ

依頼
（いらい）
依賴、委託

▶ 娘（むすめ）は依頼心（いらいしん）が強（つよ）くて、どうしようもないです。
女兒依賴心很強，拿她沒辦法。

① 名 ナ形

因果
（いんが）
因果

▶ これも因果（いんが）だと思（おも）ってあきらめてください。
我覺得這也是因果，所以請放棄吧。

③⓪ 名

印鑑
（いんかん）
印鑑
類 実印（じついん）

▶ この資料（しりょう）には印鑑証明（いんかんしょうめい）が必要（ひつよう）です。
這份資料需要印鑑証明。

▶ 念（ねん）のため、印鑑（いんかん）を持（も）って行（い）ったほうが無難（ぶなん）です。
為了安全起見，帶印章去比較妥當。

飲酒

❶ 名 自サ

いんしゅ
飲酒

▶ いんしゅうんてん
飲酒運転はとても危険です。

喝酒開車是非常危險的。

印象

❶ 名 自他サ

いんしょう
印象

▶ しょたいめん
初対面では、いい印象を与えたほうがいいです。

第一次見面，給人留下好印象比較好。

▶ にほん だいいちいんしょう
日本の第一印象はどうでしたか。

日本的第一印象，如何呢？

有無

❶ 名

うむ
有無

▶ さんかしゃ うむ しら
参加者の有無を調べています。

正在調查有無參加者。

運

❶ 名

うん
運

類 つき

▶ うん ため たから か
運を試すため、宝くじを買ってみました。

為了試試運氣而買了彩券看看。

▶ あと うん てん まか
やるだけのことはやったので、後は運を天に任せるしかありません。

因為能做的都做了，剩下的只有聽天由命了。

運気

❶ 名

うんき
運気

▶ ことし うんき じょうしょう
今年から運気が上昇しているようです。

今年開始運氣好像有好轉。

❶名

うん せい
運勢
運勢

> 占い師によれば、私の運勢はだんだんよくなる
そうです。
聽算命師説，我的運勢會變得越來越好。

---

❷名他サ

うん そう
運送
運送
類 輸送

> 運送会社に勤めたことがあります。
曾經在貨運公司上班過。

---

❷名自サ

うん どう
運動
運動
反 静止

> 健康のためには、適当な運動が必要です。
為了健康，適當的運動是必要的。

> 最近、運動不足で疲れ易くなりました。
最近，因運動不足，變得容易疲倦。

---

❶名

うん めい
運命
命運
類 宿命・命運

> 私は絶対、運命なんかに負けません。
我絶不輸給命運。

> 私は運命に左右されたくないです。
我不想被命運所左右。

え エ

MP3-011

---

❷名ナ形

えい きゅう
永久
永久
類 永遠

> 来週、永久歯を抜くことにしました。
下星期，決定要拔恆齒。

0 名

えい せい
衛生
衛生
反 不衛生
(ふ えいせい)

▶ 衛生面に気をつけてください。
(えいせいめん) (き)
請注意衛生。

---

0 名

えい よう
営養
営養
類 滋養
(じ よう)

▶ 肉だけでは営養が足りません。
(にく) (えいよう) (た)
只有肉，營養會不夠。

▶ 無理なダイエットは栄養失調の原因になります。
(む り) (だい えっと) (えいようしっちょう) (げんいん)
過度的減肥，會造成營養失調。

---

1 名

えん
縁
縁

▶ 縁があれば、きっとまた会えると信じています。
(えん) (あ) (しん)
相信有緣的話，一定能再見面。

▶ 上田さんとは、仕事の縁で知り合いました。
(うえ だ) (し ごと) (えん) (し あ)
和上田小姐，是因為工作的關係相識。

---

0 名 他サ

えん き
延期
延期
類 日延べ・繰り延べ・
(ひ の) (く の)
繰り下げ
(く さ)
反 繰り上げ
(く あ)

▶ 天気がよくなるまで、出発を延期することにしました。
(てん き) (しゅっぱつ) (えん き)
決定延到天氣變好再出發。

▶ 台風のせいで、試験は1週間延期されることになりました。
(たいふう) (し けん) (いっしゅうかんえん き)
因為颱風，考試被延後一星期。

---

0 名

えん ぴつ
鉛筆
鉛筆

▶ 色鉛筆を買いました。
(いろえんぴつ) (か)
買了彩色鉛筆。

❶ 名

おう
王
王

類 皇帝・君主・
キング

▶ ライオンは百獣の王です。
獅子為百獸之王。

❶ 名 他サ

おうえん
応援
支援、聲援

類 声援

▶ いつまでも応援しています。
永遠支持你。

▶ どのチームを応援していますか。
你支持哪一隊呢？

❶ 名 自サ

おうらい
往来
往來

▶ この町は車の往来が絶えません。
這條街車子來往不絕。

❶ 名

おてん
汚点
汚點

▶ 汚職で歴史に汚点を残してしまいました。
因為瀆職，在歷史上留下了汚點。

❶ 名

おんど
温度
溫度

▶ 部屋の温度は18度を保ってください。
室溫請保持十八度。

PART 2 很像台語的日語

❶名

がいかん
外観
外觀、外表
類 **外見・見掛け**
（がいけん・みか）

▶ 外観で人を判断するのはよくないことです。
（がいかん　ひと　はんだん）
用外表判斷人是不好的事情。

---

❶名 自他サ

かいけつ
解決
解決
類 **決着**
（けっちゃく）
反 **未解決**
（みかいけつ）

▶ これはお金で解決できる問題ではありません。
（かね　かいけつ　もんだい）
這不是用錢就能解決的問題。

▶ 他に何かいい解決方法はありませんか。
（ほか　なに　かいけつほうほう）
沒有其他什麼好的解決方法嗎？

---

❶名

かいさん
海産
海產

▶ 台湾は海に囲まれているので、海産物が豊富です。
（たいわん　うみ　かこ　かいさんぶつ　ほうふ）
台灣因為被海環繞，所以海產豐富。

---

❶名 自他サ

かいさん
解散
解散
反 **集合**
（しゅうごう）

▶ 食事が終わったら、解散してもいいです。
（しょくじ　お　かいさん）
吃完飯之後，可以解散。

---

❶名 自他サ

かいし
開始
開始
反 **終了**
（しゅうりょう）

▶ 試合は午前 10 時に開始します。
（しあい　ごぜんじゅうじ　かいし）
比賽早上十點開始。

---

❶名 他サ

かいしゅう
回収
回收

▶ 資源回収を重視し、ゴミの分別を厳しく行なっています。
（しげんかいしゅう　じゅうし　ごみ　ぶんべつ　きび　おこ）
重視資源回收，嚴格執行垃圾分類。

▶ このたびの欠陥商品は全面回収します。
（けっかんしょうひん　ぜんめんかいしゅう）
這次的瑕疵商品全面回收。

0 名

かい すい
海水
海水

▶ 今年の夏休み、子供を連れて海水浴場へ遊びに行きたいです。

今年暑假，想帶小孩去海水浴場玩。

---

0 名 他サ

かい せつ
解説
解説

▶ ガイドさんが大阪城の歴史を詳しく解説してくれました。

導遊詳細地為我們解説了大阪城的歷史。

---

0 名 自他サ

かい ぜん
改善
改善

類　改良
反　改悪

▶ 改善の余地はまだたくさんあります。

還有很多改善的空間。

▶ この漢方薬を長期的に飲めば、体質を改善できます。

長期服用這個中藥的話，能改善體質。

---

0 名 他サ

かい そう
改装
改装

類　改造

▶ そろそろ店内を改装したほうがよさそうです。

差不多該改裝店裡面，看起來會比較好。

---

0 名 他サ

かい ぞう
改造
改造

類　改装

▶ 倉庫を工場に改造しました。

將倉庫改造成工廠了。

---

0 名 他サ

かい はつ
開発
開發

反　未開発

▶ 新しい薬が次々に開発されています。

新的藥不斷被開發。

0 名 他サ

かい ほう
開放
開放

▶ 父は開放的な考え方を持った人です。
爸爸是思想開放的人。

0 名 他サ

かい りょう
改良
改良

類 改善
かいぜん

反 改悪
かいあく

▶ 改良の余地はまだたくさんあると思います。
我認為還有很多改良的空間。

▶ この携帯の機能は、以前よりもだいぶ改良されました。
這支手機的功能也比以前改良很多。

1 名

か ぐ
家具
家具

▶ 新居に引っ越したので、家具もすべて新しくするつもりです。
因為搬了新家,所以打算家具也全部換新。

1 2 名 自他サ

かく ご
覚悟
心理準備、決心、
覺悟

類 心構え
こころがま

▶ 両親に叱られる覚悟はすでにできています。
已做好被爸媽罵的心理準備。

▶ 覚悟を決めて、何があっても最後まで頑張ります。
下定決心,不論發生什麼事,要努力到最後。

0 名 ナ形

かく じつ
確実
確實

▶ 旅行の出発日はまだ確実ではありません。
旅行的出發日期還未確定。

▶ この情報は 100 パーセント確実ですか。
這份情報百分之百的準確嗎?

▶ 確実な場所と日取りはまだ分かりません。
確實的場所和日期還不知道。

①名 自他サ

かくてい
確定
確定

類 けってい
決定

▶ こんかい せんきょ かれ とうせん かくてい
今回の選挙は彼の当選が確定しました。

這次選舉他確定當選了。

---

①名 他サ

かく にん
確認
確認

▶ ひこうき よやく かくにん
すみません、飛行機の予約を確認したいのです
が……。

對不起，我想確認機位……。

▶ きんようび にんずう かくにん
金曜日までに人数を確認しなければなりません。

星期五以前必須確認人數。

---

①名

がく ひ
学費
學費

▶ がくひ かせ いっしょうけんめい あるばいと
学費を稼ぐために、一生懸命アルバイトをして
います。

為了賺取學費而努力打著工。

---

①名 他サ

か こう
加工
加工

▶ かこうしょくひん こうじょう つと
加工食品の工場に勤めています。

在食品加工廠上班。

---

❶名

か し
歌詞
歌詞

▶ うた なんかいうた かし おぼ
この歌は何回歌っても、歌詞が覚えられません。

這首歌不管唱了多少次，歌詞還是記不起來。

---

❶名

か しゅ
歌手
歌手

類 しんが
シンガー

▶ しょうらい じつりょく かしゅ
将来は実力のある歌手になりたいです。

將來想成為有實力的歌手。

0 名 自他サ

か そく
加速
加速

反 げんそく
減速

▶ くるま きゅう か そく きけん
車の急加速はとても危険です。
車子突然加速是很危險的。

---

0 名 自他サ

がっ ぺい
合併
合併

類 がったい
合体

▶ さいきん ぎんこう がっぺい ひんぱん おこな
最近、銀行の合併が頻繁に行われています。
最近，銀行的合併頻繁進行著。

---

0 名

か てい
家庭
家庭

類 いえ・うち・ホーム・
ふぁみりー
ファミリー

▶ きょう か てい じ じょう しゅっせき
今日は家庭の事情で出席できません。
今天因家裡有事而無法出席。

▶ れ す と ら ん かていてき ふん い き
このレストランは家庭的な雰囲気がします。
這家餐廳充滿著家庭的氣氛。

---

0 名 ナ形

か びん
過敏
過敏

類 びんかん
敏感

▶ こ しんけい か びん すこ おと め さ
うちの子は神経が過敏で、少しの音でも目を覚
まします。
我的小孩很敏感，即使是一點聲音也都會被吵醒。

---

1 名

がん
癌
癌

▶ つけもの た ひと い がん
漬物をよく食べる人は胃癌になりやすいそうです。
聽說常吃醃漬物的人容易得胃癌。

▶ そ ふ だいちょうがん し
祖父は大腸癌で死にました。
爺爺死於大腸癌。

---

0 名

かん かく
感覚
感覺

類 せん す
センス

▶ さむ て あし かんかく
あまりに寒いので、手足の感覚がなくなってし
まいました。
因為太冷，手腳變得沒有感覺。

0 名 自サ

かんけい
関係
關係

▶ 今度の旅行は晴雨に関係なく、時間通りに出発します。

這次旅行不論晴天或下雨都準時出發。

▶ あなたには関係ないでしょう。

和你無關吧！

---

0 名 自サ

かんげき
感激
感激、感動

類 **かんどう**
感動

▶ これは人を感激させる小説です。

這是令人感動的小説。

---

1 名 ナ形

がん こ
頑固
頑固

類 **かたく**な・**ごうじょう**
頑な・強情

▶ 父は大変頑固なので、絶対行かせてくれないと思います。

父親非常頑固，所以我認為他絕對不會讓我去。

▶ 頑固な主人を説得してみます。

我會説服固執的老公看看。

---

0 名 他サ

かん こう
観光
觀光

▶ 台北１０１には観光客がたくさんいます。

台北 101 有很多觀光客。

▶ ここは有名な観光地です。

這裡是有名的觀光地。

---

0 名 他サ

かん さつ
観察
觀察

▶ 野鳥の生態を観察するのが趣味です。

觀察野鳥生態是嗜好。

❶ 名 他サ

かんし
監視
監視

▶ 厳しく監視しています。

嚴格監視中。

❶ 名 自他サ

かんしゃ
感謝
感謝

▶ ご好意に感謝しています。

感謝您的好意。

▶ 感謝の念で、胸が一杯です。

滿懷感謝。

▶ 日本へ留学に行かせてくれた両親に、すごく感謝しています。

非常感謝讓我去日本留學的父母。

❶ 名

かんじゃ
患者
患者

類 病人

▶ この患者はすぐには回復しないでしょう。

這位患者沒辦法馬上康復吧！

❶ 名 自サ

かんしょう
干渉
干渉

類 介入

▶ 夫婦喧嘩は干渉しないほうがいいです。

夫妻吵架最好別干渉。

▶ 他人のことに干渉しないでください。

請不要干涉別人的事情。

❸ 名 他サ

かんじょう
勘定
算帳、結帳、帳單

▶ すみません、お勘定をお願いします。

對不起，麻煩結帳。

0 名

かんじょう
感情
感情
類 情緒・心情・情感
じょうちょ　しんじょう　じょうかん

▶ 私は感情に走りやすい性格です。
わたし　かんじょう　はし　　　　　せいかく

我的個性很容易感情用事。

---

0 名 ナ形 自サ

かん しん
感心
佩服、覺得好

▶ 清水さんの勇気には感心しました。
しみず　　　　ゆうき　　かんしん

我很佩服清水先生的勇氣。

▶ どうもあまり感心できません。
かんしん

實在是不覺得怎樣。

---

0 名 自他サ

かん せい
完成
完成
反 未完成
み かんせい

▶ マイホームは 2 年間かかって、やっと完成しました。
まいほ　む　　にねんかん　　　　　　　　　　かんせい

我的家花了二年時間，終於完工了。

---

0 名

かん そう
感想
感想
類 所感
しょかん

▶ ご感想を是非お聞かせください。
かんそう　ぜひ　き

請一定要讓我聽聽您的感想。

---

0 名 ナ形

かん たん
簡単
簡單
類 容易
よう い
反 困難
こんなん

▶ 簡単に言えば、日本語は英語より面白いと思います。
かんたん　い　　　にほんご　えいご　　　おもしろ　　おも

簡單來説，我覺得日語比英語有趣。

▶ 今日の試験は簡単でした。
きょう　しけん　かんたん

今天的考試很簡單。

▶ 簡単な料理しかできません。
かんたん　りょうり

只會做簡單的料理。

0 名 自サ

かん どう
感動
感動

類 感銘・感激

▶ この作品は多くの人に深い感動を与えました。

這個作品讓很多人深受感動。

▶ あまりに感動したので、思わず泣き出してしまいました。

因為太感動,不由得哭了出來。

0 名 他サ

かん とく
監督
監督、導演

▶ この映画の監督は誰ですか。

這部電影的導演是誰呢?

3 名

かん ぼう やく
感冒薬
感冒薬

▶ この感冒薬はよく効きます。

這個感冒藥很有效。

1 名 他サ

かん り
管理
管理

▶ 中森さんはアパートの管理人です。

中森先生是公寓管理員。

▶ 会社を管理するのは大変です。

管理公司是很辛苦的。

気
き

氣、氣氛、心

0 名

▶ 今日はどうも勉強する気がしないなあ。
今天實在是沒勁唸書啊。

▶ どこかで会ったような気がします。
好像在哪兒見過的樣子。

▶ 試験の結果がずっと気になっています。
一直掛心考試的結果。

▶ 気にしないでください。
請別介意！

気温
き おん

氣溫

0 名

▶ ここは朝晩の気温の差が激しいです。
這裡早晚的溫差很大。

期間
き かん

期間

2 1 名

▶ 期間が過ぎたので、もう申し込みはできません。
因為過期了，所以已經無法申請。

▶ 日本での滞在期間はどのぐらいですか。
在日本的停留期間是多久呢？

▶ 短期間で仕上げたいです。
想在短時間內完成。

企業
き ぎょう

企業

1 名

▶ 伊藤さんは中小企業の社長さんです。
伊藤先生是中小企業的社長。

① 名

器具
きぐ
器具

▶ これは簡単な器具で作りました。
かんたん　きぐ　つく

這個是用簡單的器具做出來的。

⓪ 名

気候
きこう
氣候

類 気象
きしょう

▶ アメリカの乾燥した気候にはまだ慣れていません。
あめりか　かんそう　きこう　な

還不習慣美國乾燥的氣候。

① ② 名

記者
きしゃ
記者

▶ 新聞記者の仕事は大変です。
しんぶんきしゃ　しごと　たいへん

報社記者的工作是很辛苦的。

① 名

技術
ぎじゅつ
技術

▶ これは技術的にちょっと無理だと思います。
ぎじゅつてき　むり　おも

我認為這個在技術上有點困難。

▶ 新幹線には最新の技術を使っています。
しんかんせん　さいしん　ぎじゅつ　つか

新幹線使用最新的技術。

⓪ 名

基準
きじゅん
基準

▶ 基準を決めないと始められません。
きじゅん　き　はじ

沒有訂定標準就無法開始。

⓪ 名

犠牲
ぎせい
犧牲

▶ このぐらいの犠牲は大したものじゃありません。
ぎせい　たい

這一點犧牲不算什麼。

▶ どんな犠牲を払っても、成功してみせます。
ぎせい　はら　せいこう

不惜任何犧牲，也都要成功給你們看。

❷⓪名

奇跡（きせき）
奇蹟

▶ 祖父（そふ）は奇跡的（きせきてき）にも生（い）き返（かえ）ったそうです。
聽説祖父奇蹟般地復活。

❶❷名

基礎（きそ）
基礎

類 **基本**（きほん）

▶ 日本語（にほんご）を勉強（べんきょう）するには、基礎（きそ）を固（かた）めることが大（だい）事（じ）です。
學習日語，奠定好基礎是很重要的。

❶❷名 他サ

起訴（きそ）
起訴

▶ 窃盗罪（せっとうざい）で起訴（きそ）されました。
以竊盜罪被起訴了。

⓪名 自他サ

期待（きたい）
期待

▶ 両親（りょうしん）の期待（きたい）に添（そ）いたいです。
想滿足父母的期待。

▶ 期待（きたい）が外（はず）れてしまいました。
期待落空了。

⓪名 他サ

祈祷（きとう）
祈禱

▶ 彼女（かのじょ）は今（いま）、祈祷中（きとうちゅう）です。
她現在，正在祈禱中。

❶名

気分（きぶん）
氣氛、心情、
身體狀況

類 **機嫌**（きげん）

▶ 気分（きぶん）が悪（わる）いので、先（さき）に帰（かえ）らせていただきます。
因為身體不舒服，所以請讓我先回家。

▶ 今日（きょう）はどうしても出掛（でか）ける気分（きぶん）になりません。
今天怎麼也都不想出門。

0 名 他サ

希望
きぼう
希望

類 願望・期待
がんぼう・きたい

▶ 長年の希望がついに叶いました。
ながねん　きぼう　　　　　　かな

多年的願望終於實現了。

---

0 名

機密
きみつ
機密

▶ この機密が漏れたら大変なことになります。
　　きみつ　も　　　　たいへん

這個機密洩漏出去的話就慘了。

---

1 名 ナ形

奇妙
きみょう
奇妙

▶ あの夫婦は性格が正反対で、実に奇妙な組合せ
　　ふうふ　せいかく　せいはんたい　　じつ　きみょう　くみあわ
です。

那對夫婦個性完全相反，實在是奇妙的組合。

▶ 泥棒に入られたが、奇妙な事に靴だけ盗まれま
　どろぼう　はい　　　　きみょう　こと　くつ　　ぬす
した。

遭了小偷，但奇怪的事是只有鞋子被偷了。

---

1 名

義務
ぎむ
義務

反 権利
けんり

▶ 納税は国民の義務です。
のうぜい　こくみん　ぎむ

納稅是國民的義務。

---

0 名 他サ

虐待
ぎゃくたい
虐待

▶ 動物を虐待することは許されません。
どうぶつ　ぎゃくたい　　　　ゆる

虐待動物是不會被原諒的。

0 名 他サ

きゅうしゅう
吸収
吸收

▶ このスポンジは水の吸収力が抜群です。

這塊海綿吸水性超強。

0 名

きゅうせい
救世
救世

▶ キリストは多くの人から救世主と呼ばれました。

基督被很多人稱為救世主。

0 名

きゅうめい
救命
救命

▶ 救命胴衣をきちんと身に着けてください。

請確實穿好救生衣。

0 名 他サ

きょういく
教育
教育

▶ 佐藤さんは子供の時にオーストラリアの教育を受けたことがあります。

佐藤先生小時候曾受過澳洲教育。

0 名

きょうざい
教材
教材

▶ 自分で日本語の教材を編集したいです。

想要自己編日語教材。

0 名

きょうさん
共産
共產

▶ いまも共産主義を信じている人は少なくないそうです。

聽說現在信奉共產主義的人還是不少。

❶ ⓿ 名 他サ

きょうじゅ
教授
教授

▶ 彼女のお父さんは大学の教授です。
かのじょ　とう　だいがく　きょうじゅ

她的父親是大學的教授。

⓿ 名

ぎょうせき
業績
業績

▶ 経済不況のせいか、精一杯頑張っても業績が上
けいざい　ふ きょう　せいいっぱいがんば　ぎょうせき　あ
がりません。

是經濟不景氣的關係嗎？再怎麼努力也無法增進業績。

▶ 浅見さんは5年連続で、業績1位を保持してい
あさ み　ご ねんれんぞく　ぎょうせきいち い　ほ じ
ます。

淺見先生連續五年，保持業績第一。

⓿ 名 自サ

きょうどう
共同
共同

反 単独
たんどく

▶ このお風呂は2つの部屋が共同で使います。
ふ ろ　ふた　へ や　きょうどう　つか

這間浴室是二個房間共同使用。

⓿ 名 他サ

きょうゆう
共有
共有

反 専有
せんゆう

▶ この家は夫婦共有の財産です。
いえ　ふう ふ きょうゆう　ざいさん

這個房子是夫婦共有的財產。

⓿ 名サ

きょうよう
教養
教養

▶ 平井さんは教養のある人です。
ひら い　きょうよう　ひと

平井小姐是有教養的人。

098

0 名 他サ

きろく
記録
記録、紀錄
類 レコード

▶ 中居さんは今、会議の記録をつけています。
中居小姐現在正在做會議紀錄。

▶ 彼はオリンピックで世界記録を更新しました。
他在奧運刷新了世界紀錄。

1 名

きん
金
金

▶ 近所のお祭りで金魚を買いました。
在附近的廟會買了金魚。

1 名

ぎん
銀
銀

▶ オリンピックで銀メダルを取りました。
在奧運得到了銀牌。

0 名 自サ

きんえん
禁煙
禁菸、戒菸
反 喫煙

▶ 健康のために禁煙することにしました。
為了健康決定戒菸了。

▶ 禁煙席をお願いします。
麻煩給我禁菸的位子。

0 名 ナ形

きんきゅう
緊急
緊急

▶ 後で緊急会議を開きます。
待會兒要開緊急會議。

0 名

きんし
近視
近視
反 遠視

▶ 最近ゲームの遊び過ぎで、近視の度が急に進んでしまいました。
最近電動玩具玩過頭了，近視的度數急速增加。

PART 2 很像台語的日語

⓪ 名 他サ

きんし
禁止
禁止

▶ ここは駐車禁止です。

這裡禁止停車。

⓪ 名 自サ

きんしん
謹慎
謹慎

類 ようじん・ちゅうい
用心・注意

反 ふ きんしん
不謹慎

▶ 私の不謹慎で失敗してしまい、すみませんでした。

因為我的不謹慎而造成失敗，很抱歉。

⓪ 名 自サ

きんちょう
緊張
緊張

類 いき
息づまる

▶ 柴田さんはとても緊張しているようです。

柴田先生好像很緊張的樣子。

くク
MP3-012

⓪ 名

くうかん
空間
空間

類 すきま・スペース
隙間・スペース

▶ 狭い空間を有効に活用してください。

請有效地活用狹窄的空間。

---

① 名

くうき
空気
空氣、氣氛

▶ この辺りは工場が多くて、空気汚染が大変です。

這附近工廠很多，所以空氣污染嚴重。

0 名

ぐんじん
軍人
軍人

▶ 彼は軍人を志願しているそうです。
聽説他志願要當軍人。

1 名

ぐんたい
軍隊
軍隊

▶ 弟は来年軍隊に入ります。
弟弟明年入伍。

1 名 他サ

くんれん
訓練
訓練
類 練習
れんしゅう

▶ 日本語の聴力は普段から訓練することが大事です。
日語的聽力從平常開始就要訓練是很重要的。

▶ 盲導犬は長期間の訓練を受けました。
導盲犬受過長時間的訓練。

けケ

MP3-012

0 名 他サ

けいあい
敬愛
敬愛
類 敬慕
けいぼ

▶ 臼井先生は私の敬愛する先生です。
臼井老師是我敬愛的老師。

0 名 他サ

けいえい
経営
經營
類 運営
うんえい

▶ うちの会社は経営形態がだいぶ変わりました。
我們公司的經營形態改變了很多。

▶ ここは八木さんが経営している出版社です。
這裡是八木先生經營的出版社。

① 名

警察
けいさつ
警察

▶ あの警察は強盗犯を捕まえました。
那個警察逮捕了強盗犯。

① 名

芸術
げいじゅつ
藝術

▶ 彼は有名な芸術家です。
他是有名的藝術家。

① 名

芸人
げいにん
藝人

▶ 私は将来、お笑い芸人になりたいです。
我將來，想當搞笑藝人。

① 名 他サ

契約
けいやく
契約

▶ 他の会社と取引するのは契約違反です。
和其他公司交易就是違約。

▶ 途中で契約を取り消したら、
罰金に処されます。
中途取消契約的話，會被罰錢。

① 名

結果
けっか
結果

反 原因
げんいん

▶ 試験の結果は明日発表されます。
考試結果明天發表。

▶ 結果は思った通りでした。
結果和想的一樣。

❹❶名

けっきょく
結局
結局、結果
類 とうとう

▶ けっきょく
結局、どうなりましたか。
結局，變怎樣了呢？

▶ けっきょく だれ き
結局、誰も来ませんでした。
結果，誰也沒來。

❶名自他サ

けっ しん
決心
決心
類 決意

▶ けっしん
なかなか決心がつきません。
無法下決心。

▶ た ば こ けっしん
タバコをやめることを決心しました。
下決心要戒菸了。

❶名他サ

けん きゅう
研究
研究

▶ さいきん けんきゅう いそが
最近、研究に忙しいです。
最近忙於研究。

❸名ナ形

げん きん
現金
現金、勢利
類 キャッシュ

▶ みせ げんきん つか
この店は現金しか使えません。
這家店只能用現金。

▶ なかじま げんきん ひと
中島さんは現金な人です。
中島先生是很勢利的人。

❶名ナ形

けん こう
健康
健康
類 元気
反 不健康

▶ さいきん けんこう すぐ
最近、どうも健康が優れません。
最近健康似乎不佳。

▶ けんこう なに
健康が何よりです。
健康比什麼都重要。

❶名

現在
げんざい

現在

類 今
いま

反 過去
かこ

▶ 現在、彰化師範大学で日本語を勉強しています。
げんざい しょうか しはんだいがく にほんご べんきょう

現在在彰化師範大學學日語。

▶ 会社を辞めたので、現在失業中です。
かいしゃ や げんざいしつぎょうちゅう

因為辭掉工作，所以正失業中。

⓿名

現実
げんじつ

現實

反 理想
りそう

▶ 現実から逃げないでください。
げんじつ に

請不要逃避現實！

▶ 現実的な問題を考えなければいけません。
げんじつてき もんだい かんが

不得不考慮現實的問題。

▶ 現実の生活は残酷なものです。
げんじつ せいかつ ざんこく

現實的生活是殘酷的。

⓿名

現象
げんしょう

現象

▶ それは自然現象ですから、心配ありません。
し ぜんげんしょう しんぱい

那是自然現象，所以不需要擔心。

⓿名 他サ

建設
けんせつ

建設

反 破壊
はかい

▶ 橋本さんは建設会社で働いています。
はしもと けんせつがいしゃ はたら

橋本先生在建設公司上班。

❶名

現代
げんだい

現代

▶ 環境問題は現代の重要な課題です。
かんきょうもんだい げんだい じゅうよう かだい

環境問題是現代重要的課題。

❶名他サ

けんとう
検討
檢討

類 しんぎ 審議

▶ あらた さいけんとう ひつよう
改めて再検討する必要があります。

有必要另行再做檢討。

---

❶名他サ

げんめん
減免
減免

▶ げんめん そ ち
減免措置をとります。

採取減免措施。

---

❸名

げんりょう
原料
原料

▶ げんりょう がいこく ゆ にゅう
この原料はほとんど外国から輸入しています。

這個原料大部分從國外進口。

こ コ

MP3-012

❶名

こ い
故意
故意

類 いしきてき い とてき 意識的・意図的

▶ こ い
故意にしたわけじゃないから、
ゆる
許してあげましょう。

因為不是故意做的，所以原諒他吧！

---

❶名

こう
功
功

類 こうせき 功績

▶ とし こう
さすがは年の功ですね。

畢竟薑是老的辣啊！

❶ 名

好意
こう い
好意
類 善意（ぜん い）　反 悪意（あく い）

▶ 好意（こう い）が仇（あだ）になりました。
好心沒好報。

▶ それは他人（た にん）の好意（こう い）を無駄（む だ）にすることになりませんか。
那不是辜負了別人的好意嗎？

---

❷ 名 ナ形

好運
こう うん
好運
類 ラッキー（らっ きー）
反 不運（ふ うん）・悪運（あく うん）

▶ 好運（こう うん）を祈（いの）ります。
祝您好運！

---

❸ 名

公営
こう えい
公營
類 国営（こく えい）　反 私営（し えい）

▶ 昔（むかし）は安（やす）い公営（こう えい）アパート（あ ぱ ー と）に住（す）んでいました。
以前住在便宜的國宅。

---

❹ 名 ナ形

光栄
こう えい
光榮
類 名誉（めい よ）

▶ 国家（こっ か）の代表（だい ひょう）として、大変光栄（たい へん こう えい）に思（おも）います。
身為國家代表，感到非常光榮。

▶ 光栄（こう えい）の至（いた）りです。
光榮之至。

---

❺ 名

公益
こう えき
公益
反 私益（し えき）

▶ なによりも公益（こう えき）を優先（ゆう せん）してください。
請什麼都以公益為優先。

---

❻ 名 他サ

公演
こう えん
公演
類 上演（じょう えん）

▶ この劇団（げき だん）の今度（こん ど）の公演（こう えん）はとても好評（こう ひょう）でした。
這個劇團這次的公演非常受到好評。

❶名 自他サ

こう ぎ
抗議
抗議

▶ 今更、抗議しても無駄です。
事到如今，抗議也沒用。

---

❶名 ナ形

こう きゅう
高級
高級

類 上等
反 低級

▶ たまには高級なレストランで食事をしてもいいじゃないですか。
偶爾吃吃高級餐廳也不錯呀！

▶ この店は高級品しか売らないそうです。
聽說這家店只賣高級品。

---

❶名

こう きょう
公共
公共

類 公

▶ 公共の場では大きな声で話さないでください。
請不要在公共場合大聲說話。

---

❶名 他サ

こう げき
攻撃
攻擊

反 防衛

▶ 多くの人が大統領の発言を激しく攻撃しました。
很多人強烈攻擊總統的發言。

▶ 人身攻撃はやめてください。
請不要做人身攻擊。

---

❶名

こう し
公私
公私

▶ 公私の区別をつけるべきです。
公私應該分明。

---

❶名 自サ

こう そ
控訴
控訴

▶ 最高裁に控訴することにしました。
決定上訴最高法院。

❸名

こうねんき
更年期
更年期

▶ 今、更年期障害で悩んでいます。
現在正為更年期毛病所苦。

⓿名ナ形

こうへい
公平
公平

反 **ふこうへい**
不公平

▶ 公平に言えば、今度の喧嘩はあなたが悪いです。
説句公道話，這次的吵架是你的不對。

▶ 私はただ公平に扱ってほしいだけです。
我只是想要受到公平對待而已。

⓿名

こうみょう
功名
功名

▶ 「怪我の功名」（ことわざ）
「因禍得福、歪打正著」（諺語）

---

❶名

こうむ
公務
公務

類 **こうよう**
公用

▶ 将来は公務員になりたいです。
將來想當公務員。

⓿名ナ形

こうめい
公明
光明

▶ そんなにやりたいなら、
公明正大にやりなさい。
那麼想做的話，就光明正大地做。

⓿名他サ

こうゆう
公有
公有

反 **しゆう**
私有

▶ 公園は公有の場所です。
公園是公有的場所。

こうよう
公用
0 名

公用、公務

類 **公務** こうむ

> 来週、公用で日本へ出張します。
> らいしゅう こうよう にほん しゅっちょう
>
> 下星期，因公事去日本出差。

こうりつ
公立
0 名

公立

反 **私立** しりつ

> 娘は公立の保育園に通っています。
> むすめ こうりつ ほいくえん かよ
>
> 女兒上公立的托兒所。

こうりゅう
交流
0 名 自サ

交流

反 **直流** ちょくりゅう

> 彼は外国人と交流するのが苦手です。
> かれ がいこくじん こうりゅう にがて
>
> 他不擅長和外國人交流。

ごかい
誤解
0 名 他サ

誤解

類 **勘違い・曲解** かんちが きょっかい

> 人に誤解されることは避けてください。
> ひと ごかい さ
>
> 請避免被人誤會。

> 誤解はまだ解かれていません。
> ごかい と
>
> 誤會還沒有化解。

こくがい
国外
2 名

國外

反 **国内** こくない

> この映画は国内でも国外でも有名です。
> えいが こくない こくがい ゆうめい
>
> 這部電影不管國內也好國外也好都很有名。

こくさん
国産
0 名

國產

反 **外国産** がいこくさん

> 私は国産品の愛用者です。
> わたし こくさんひん あいようしゃ
>
> 我是國貨的愛用者。

PART 2 很像台語的日語

❷名

こくない
国内
國內

反 こくがい
国外

▶ 節約のため、今年の夏休みは国内旅行にしましょう。

為了省錢，今年暑假就決定在國內旅行吧！

---

❶名

こくりつ
国立
國立

反 しりつ
私立

▶ 今の成績では、国立大学に入るのはとても無理です。

從現在的成績來看，要進入國立大學是非常不可能的。

---

❶名 自他サ

こ しつ
固執
固執

同 こしゅう
固執

▶ 野村さんはいつも自分の意見に固執して、決して変えようとしません。

野村先生總是固執己見，決不會有所改變的。

---

❶名

こ じん
個人
個人

反 だんたい
団体

▶ これは個人としての意見です。

這個是我個人的意見。

▶ 個人の名義で買いました。

以個人名義買了。

---

❶名

こっか
国家
國家

類 くに
国

▶ 私は国家試験には興味がありません。

我對國家考試沒有興趣。

---

❶❶名

こっか
国歌
國歌

▶ 日本の国歌を歌うことができます。

會唱日本的國歌。

---

0 名

こっき
国旗
國旗

▶ 部屋にアメリカの国旗を飾っています。

房間裡裝飾著美國的國旗。

---

0 名

こっとう
骨董
古董

▶ この骨董は贋物です。

這個古董是贗品。

---

0 名 自他サ

こてい
固定
固定

▶ この目立たない店には固定客しか来ません。

這家不起眼的店只有固定客人來而已。

▶ バイトではなく、固定収入のある仕事をしたいです。

不是打工，而是想做有固定收入的工作。

---

0 名 ナ形

こどく
孤独
孤獨

▶ 一人暮らしの私は、深夜になると孤独感を感じます。

一個人生活的我，每當深夜倍感孤獨。

---

1 名

こもん
顧問
顧問

▶ 来月定年になっても、顧問として会社に残ることになります。

下個月即使退休，也會以顧問身分留在公司。

---

0 名

ごらく
娯楽
娛樂

▶ 都会には娯楽がたくさんあって、毎日が楽しいです。

都市裡有很多娛樂，所以每天很開心。

0 名 自サ

こりつ
孤立
孤立

▶ 福田さんはいつも傲慢な態度をとるので、
同僚から孤立しています。

福田小姐總是態度傲慢，所以被同事孤立。

1 名

こんぶ
昆布
昆布、海帶

▶ 昆布からはいいだしが出ます。

昆布可以熬出好湯頭。

---

0 名 副

さいきん
最近
最近
類 ちかごろ 近頃

▶ 最近、どんな映画を見ましたか。

最近，看過什麼電影嗎？

▶ 最近、唐沢さんに会いましたか。

最近，見過唐澤先生嗎？

▶ 彼が入院していると知ったのは、つい最近です。

是最近才知道他住院。

0 副

さいさん
再三
再三
類 さいさい たびたび 再々・度々

▶ 再三注意しても無視されました。

即使再三提醒也不被理會。

▶ 再三説得しても改まりません。

即使一再説服也無所改變。

▶ 再三催促したのに、貸したお金をまだ返してく
れません。

三番兩次催促，但借的錢還是不還。

❶名

財産
ざい さん

財產

類 資産
し さん

▷ 賭博で財産を全部失ってしまいました。
とばく ざいさん ぜんぶ うしな

因為賭博而失去了全部財產。

▷ 湯浅さんは莫大な財産を一人娘に残しました。
ゆあさ ばくだい ざいさん ひとり むすめ のこ

湯淺先生將龐大的財產留給獨生女。

▷ 健康は一番大切な財産だと思います。
けんこう いちばんたいせつ ざいさん おも

我認為健康是最重要的財產。

❶名

材質
ざい しつ

材質

▷ この簞笥の材質は何ですか。
たんす ざいしつ なん

這個衣櫥的材質是什麼呢？

❶名

財務
ざい む

財務

▷ 原田さんは会社で財務担当の重役です。
はらだ かいしゃ ざいむ たんとう じゅうやく

原田小姐在公司擔任財務管理的要職。

❸名

材料
ざいりょう

材料

類 素材
そ ざい

▷ いい材料しか使っていません。
ざいりょう つか

只使用好的材料。

▷ 材料はまだ揃っていません。
ざいりょう そろ

材料還沒準備好。

❶名

雑誌
ざっ し

雜誌

類 ジャーナル・
じゃ なる
マガジン
ま が じん

▷ 日本語の雑誌を取っています。
にほんご ざっし と

有訂閱日語雜誌。

▷ これは女性を対象とした雑誌です。
じょせい たいしょう ざっし

這是以女性為對象的雜誌。

▷ 私は定期的にコンビニへコミック雑誌を買いに
わたし ていきてき こんびに こみっくざっし か
行きます。
い

我定期去便利商店買漫畫雜誌。

❶ 名 他サ

さ ゆう
左右
左右

▶ 運命に左右されたくないです。
不想被命運左右。

▶ 彼女は他人の話に左右され易い人です。
她是容易被別人的話所左右的人。

❶ 名 自サ

さ よう
作用
作用

▶ この薬は副作用が大きいらしいです。
這個藥的副作用好像很大。

❷ 名 自サ

さん か
参加
参加
類 **加盟**
かめい

▶ 会社の社員旅行に参加しませんか。
要不要參加公司的員工旅行呢？

❷ 名 他サ

さん かん
参観
参観
類 **見学**
けんがく

▶ 来週の月曜日、息子の授業参観に出かけます。
下週一，要參加兒子的教學觀摩。

❷ 名 他サ

さん こう
参考
参考
類 **参照**
さんしょう

▶ 森口さんの意見は大変参考になりました。
森口先生的意見成了很重要的參考。

❶ ❷ 名

さん すい
山水
山水

▶ 千秋さんの絵は山水が中心です。
千秋先生的畫以山水為主。

❶名自サ

さんせい
賛成
贊成

類 賛同
さんどう
反 反対
はんたい

▶ 小泉さんの意見にみんな賛成しました。

大家都贊成小泉先生的意見。

▶ 過半数の賛成が得られなかったため、この計画は流れました。

因為沒有獲得過半數的同意，所以這個計畫流產了。

---

❶名自サ

さんぽ
散歩
散步

類 散策
さんさく

▶ 雨降りの日以外は、ほとんど毎日犬の散歩をします。

除了下雨天之外，幾乎每天都會帶狗散步。

---

❶名自サ

さんらん
散乱
散亂

▶ 病気でずっと掃除していないので、部屋にゴミが散乱しています。

因為生病一直沒打掃，所以房間裡散亂著垃圾。

---

❸❶名

さんりょう
産量
產量

▶ 毎月の生産量は決まっていません。

每個月的產量並不一定。

しシ

MP3-013

❶名

し
死
死

反 生
せい

▶ 浅見さんの死因はちょっとおかしいと思いませんか。

淺見先生的死因你不覺得有點奇怪嗎？

⓿ 名

時間
じかん

時間

類 時
とき

▶ 最近忙しくて、あまり勉強する時間がありません。
さいきんいそが　　　　　　　　べんきょう　　じかん

最近忙，沒有什麼唸書的時間。

▶ 時間潰しのためにバイトをやっています。
じかんつぶ　　　　　　　ばいと

為了打發時間而打工。

▶ そろそろ出発の時間です。
しゅっぱつ　じかん

差不多是出發的時間了。

▶ 新垣さんは時間通りに来ました。
あらがき　　　じかんどお　　き

新垣小姐準時來了。

▶ 時間を無駄にしないでください。
じかん　むだ

請別浪費時間。

▶ 時間はまだ十分あるので、急がなくてもいいです。
じかん　　　じゅうぶん　　　　　　いそ

時間還有很多，所以不用急也沒關係。

---

❶ 名

時機
じき

時機

類 機会・チャンス
きかい　ちゃんす

▶ 今はまだその時機ではありません。
いま　　　　　　じき

現在還不是時候。

---

❷❶ 名

資金
しきん

資金

類 元手
もとで

▶ 思ったより、資金を調達するのは難しかったです。
おも　　　　　しきん　ちょうたつ　　　　むずか

籌措資金比想像中還要困難。

⓿ 名 他サ

刺激
しげき

刺激

▶ 刺激を受けてダイエットを始めました。
しげき　う　　だいえっと　　はじ

因受到刺激而開始減肥。

▶ 水野さんは失恋で落ち込んでいるから、あまり
みずの　　　しつれん　お　こ
刺激しないほうがいいです。
しげき

水野小姐因失戀心情低落，所以別太刺激她比較好。

① 名

事故
じこ
事故

▶ この道は交通事故がよく起こるそうです。

這條路聽説常發生車禍。

⓪ 名 自サ

自殺
じさつ
自殺

反 **他殺**
たさつ

▶ 最近、自殺率が上がりつつあります。

最近,自殺率不斷上升。

---

① ⓪ 名

資産
しさん
資産

▶ この会社は資産が負債よりずっと多いですから、まだ大丈夫です。

這家公司資産比負債多很多,所以還不會有問題。

---

① 名 他サ

支持
しじ
支持

類 **支援**
しえん

▶ すでに全面的な支持を得ました。

已經獲得了全面性的支持。

---

① 名

死者
ししゃ
死者

▶ この事故で２人の死者が出ました。

這場事故中出現了二名死者。

⓪ 名 自サ

自首
じしゅ
自首

▶ 今、自首すれば、まだ間に合います。

現在,自首的話還來得及。

①名 自サ

死傷
し しょう
死傷

▶ 今度の大地震で多くの死傷者が出ました。
こんど　おおじしん　おお　ししょうしゃ　で

這次的大地震中出現了很多死傷的人。

---

①名

姿勢
し せい
姿勢

▶ 勉強する時には、姿勢も注意しなさい。
べんきょう　とき　しせい　ちゅうい

唸書時，也要注意姿勢。

---

①名 ナ形

自然
し ぜん
自然
類 天然
てんねん

▶ 今度の風邪は薬も飲まず、自然に治りました。
こんど　かぜ　くすり　の　しぜん　なお

這次感冒沒吃藥就自然痊癒了。

▶ 自然の成り行きに任せて無理はしたくないです。
しぜん　な　ゆ　まか　むり

順其自然不想強求。

▶ 最近は5時になると、自然に目が覚めます。
さいきん　ご じ　しぜん　め さ

最近一到五點，就會自然醒來。

---

①名

思想
し そう
思想

▶ 三島由紀夫は過激な思想を持った人だと思います。
みしまゆきお　かげき　しそう　も　ひと　おも

我覺得三島由紀夫是思想激進的人。

---

①名

時代
じ だい
時代
類 時期・年代
じき　ねんだい

▶ そんな考えは時代遅れだと思います。
かんが　じだいおく　おも

我覺得那樣的想法落伍了。

▶ 祖父の時代にはテレビがありませんでした。
そ ふ　じだい　て れ び

在爺爺的年代沒有電視。

0 名 自サ

しつぎょう
失業
失業

類 失職

反 就職

▶ 上戸さんは今失業中なので、生活が大変きついそうです。

聽説上戶先生現在因為失業,所以生活非常困難。

▶ 山本さんは失業してから、すでに数ヶ月になります。

山本先生失業已好幾個月了。

0 名 自他サ

じつげん
実現
實現

▶ 日本へ留学するという夢の実現は、経済的に不可能だと思います。

我覺得實現到日本留學這樣的夢想,在經濟上是不可能的。

0 名 自他サ

しっぱい
失敗
失敗

類 仕損じる・
遣り損う・しくじる

反 成功

▶ 色々試しましたが、全部失敗してしまいました。

試了種種,但全部都失敗了。

0 名 自サ

しつぼう
失望
失望

類 落胆・絶望・幻滅

▶ 国民は新しい政府に大変失望しています。

人民對新政府非常失望。

▶ 両親を失望させたくないからこそ、頑張っています。

正因為不想讓父母失望,才會那麼努力。

2 名 ナ形 自サ

しつれい
失礼
失禮

類 無礼

▶ お先に失礼します。

我先告辭了。

▶ そんな言い方は失礼ですよ。

那樣的説法很失禮耶!

0 名 他サ

指導
しどう

指導

類 指南
しなん

▶ 卒論は臼井先生の指導を受けています。
そつろん　うすい せんせい　　しどう　　う

畢業論文是受臼井老師的指導。

---

1 名

市内
しない

市內

反 市外
しがい

▶ 今日はあまり時間がないので、市内観光にします。
きょう　　　　　じかん　　　　　　　　しないかんこう

今天沒有太多時間，所以決定市內觀光。

---

0 名 自サ

死亡
しぼう

死亡

類 死没・死去
しぼつ　しきょ

▶ 癌で死亡する人は年々増えています。
がん　しぼう　　ひと　ねんねん ふ

因癌症死亡的人年年增加中。

---

1 名

市民
しみん

市民

類 公民
こうみん

▶ 陳さんはアメリカに移民して、ニューヨーク市
ちん　　　　あめりか　　いみん　　　　　にゅうよく し
民になりました。
みん

陳先生移民到美國，成為紐約市民了。

---

1 名

車庫
しゃこ

車庫

類 ガレージ
がれじ

▶ 車庫がないと、駐車するのが大変です。
しゃこ　　　　　　ちゅうしゃ　　　　　たいへん

沒有車庫的話，停車會很麻煩。

---

0 名 他サ

謝罪
しゃざい

謝罪

類 陳謝
ちんしゃ

▶ 例の件について、あなたに謝罪しなければなり
れい　けん　　　　　　　　　　　しゃざい
ません。

關於那件事，必須向你道歉。

❷ 名 ナ形

じゆう
自由
自由

類 随意・自在

反 不自由

▶ 言うかどうかは、あなたの自由です。

説不説，是你的自由。

---

❶ 名

じゅうしょ
住所
住所、地址

類 アドレス

▶ こちらに住所と名前と電話番号を
書いてください。

請在這裡寫下住址和姓名以及電話號碼。

⓿ 名

しゅうにゅう
収入
収入

類 所得

▶ 収入はわずかしかないので、節約しなければな
りません。

薪水微薄，所以必須節儉。

---

❶ 名 他サ

しゅうり
修理
修理

類 修繕

▶ 車が壊れたので修理に出しています。

車子壞了，所以送去修理。

▶ 修理する時はまず電源を切ってください。

修理時，請先切斷電源。

---

❶ 名

しゅぎ
主義
主義

類 イズム・宗旨

▶ 私は結婚しない主義です。

我是不婚主義者。

▶ 吉岡さんは完璧主義者なので、奥さんは大変です。

吉岡先生是完美主義者，所以他的太太很辛苦。

❶名

しゅだん
手段
手段

類 ほうほう
方法

▶ 神林さんは目的を達するためには、手段を選ばない人です。

神林先生是為達目的，不擇手段的人。

▶ どんな手段を使っても、必ず成功して見せます。

不論用什麼手段，一定要成功給你看。

⓪名他サ

しゅっぱん
出版
出版

▶ この教科書は出版されたばかりです。

這本教科書才剛出版。

▶ この本はもう出版停止になりました。

這本書已經停止出版了。

---

❶名

しゅふ
主婦
主婦

▶ 私の母は専業主婦です。

我的母親是專職家庭主婦。

---

❶名

しゅみ
趣味
趣味、興趣

類 どうらく
道楽

▶ みんなそれぞれ趣味があります。

大家的嗜好各有不同。

⓪名

しゅんかん
瞬間
瞬間

▶ 立ち上がった瞬間、目眩がすることがよくあります。

站起來的瞬間，常常頭暈目眩。

▶ １０年ぶりに朝倉先生に会った瞬間、わっと泣き出してしまいました。

相隔十年見到朝倉老師的瞬間，突然哭了出來。

① 名 他サ

じゅんび
準備
準備
類 用意・仕度・備え

▶ これから晩ご飯を準備します。
現在要去準備晚餐。

▶ 最近、試験の準備で忙しいです。
最近因為準備考試很忙。

⓪ 名

しょうきん
奨金
奬金

▶ 参加の資格がなければ、勝っても奨金をもらえません。
沒有參加資格的話，即使贏了，也得不到獎金。

⓪ 名 他サ

しょうどく
消毒
消毒
類 殺菌・滅菌

▶ 使う前に消毒したほうが安全です。
使用前消毒一下比較安全。

▶ この哺乳瓶は、沸騰したお湯で消毒することもできます。
這個奶瓶也可以用沸騰的水消毒。

⓪ 名

しょうねん
少年
少年
反 少女・成年

▶ 少年時代は血の気が多く、喧嘩は日常茶飯事でした。
少年時代血氣方剛，打架是家常便飯。

⓪ 名 他サ

しょうひ
消費
消費
反 生産

▶ 先月はずいぶん電気を消費してしまいました。
上個月用電量相當大。

⓪ 名 他サ

しょうめい
証明
證明
類 立証

▶ 病院の証明書が必要です。
需要醫院的證明書。

①名 副

将来
しょうらい

將來

類 未来
みらい

▶ 彼は将来に不安を感じています。
かれ　しょうらい　ふ あん　かん

他對將來感到不安。

▶ 将来のために我慢するしかありません。
しょうらい　　　　　が まん

為了將來只有忍耐了。

⓪名

人材
じん ざい

人材

▶ 優秀な人材は企業の宝です。
ゆうしゅう　じんざい　き ぎょう　たから

優秀的人材是企業之寶。

⓪名

新車
しん しゃ

新車

反 中古車
ちゅう こ しゃ

▶ この間買ったばかりの新車を信号機にぶつけて
あいだか　　　　　　　　しんしゃ　しんごう き

しまいました。

最近剛買的新車撞到了紅綠燈。

---

①名

信者
しん じゃ

信徒

類 信徒
しん と

▶ 我が家はみんな仏教の信者です。
わ　や　　　　　ぶっきょう　しんじゃ

我們全家都是佛教的信徒。

⓪名 他サ

申請
しん せい

申請

類 出願
しゅつがん

▶ 留学の申請書はもう出しました。
りゅうがく　しんせいしょ　　　　だ

留學的申請書已經交出去了。

▶ 今月いっぱいに申請書を提出しなければなりません。
こんげつ　　　　　しんせいしょ　ていしゅつ

這個月之內，必須提出申請書。

---

①名 ナ形

親切
しん せつ

親切

反 不親切
ふ しんせつ

▶ 人の親切を無駄にしてしまいました。
ひと　しんせつ　む だ

辜負了別人的一番好意。

0 名 ナ形

新鮮 しんせん
新鮮
類 フレッシュ ふれっしゅ
反 陳腐 ちんぷ

▶ この店の魚はあまり新鮮じゃないので、買わないほうがいいです。

因為這家店的魚不太新鮮，所以不要買比較好。

0 名

真相 しんそう
真相

▶ 真相はいつか分かると信じています。

我相信總有一天會真相大白。

0 名 他サ

診断 しんだん
診斷
類 診察 しんさつ

▶ 両親は1年に1回、健康診断を受けます。

父母一年做一次健康檢查。

0 名 自サ

進展 しんてん
進展

▶ この計画が全然進展していないので、焦っています。

這個計畫完全沒進展，所以令人焦急。

1 名

信徒 しんと
信徒
類 信者 しんじゃ

▶ 彼はキリスト教の信徒です。

他是基督教徒。

1 名

深度 しんど
深度

▶ この海はどのくらいの深度がありますか。

這個海大約有多深呢？

① 名

しんど
進度
進度

▶ 進度は速ければ速いほどいいです。

進度越快越好。

⓪ 名 他サ

しんにん
信任
信任

反 ふ しんにん
不信任

▶ 相手の信任を得ていないと、商売は長くできないと思います。

我認為沒有得到對方信任的話，生意沒辦法長久。

---

① 名 ナ形

しん ぴ
神秘
神祕

▶ これは宇宙の神秘を探る番組です。

這是探索宇宙奧祕的節目。

---

① 名

しん ぷ
新婦
新娘

類 はなよめ
花嫁

反 はなむこ しんろう
花婿・新郎

▶ 色白できれいな新婦さんですね。

皮膚白皙又漂亮的新娘耶。

---

① 名

じん ぶつ
人物
人物

類 にんげん じんざい
人間・人材

▶ 横山さんは学者として、なかなかの人物です。

身為學者，橫山先生是位了不起的人物。

⓪ 名

しん ぶん
新聞
報紙

▶ 大学時代に新聞を配達したことがあります。

大學時代曾經送過報。

▶ 何新聞を取っていますか。

你訂什麼報紙呢？

❶名自サ

しん ぽ
進歩
進步

類 革新
かくしん

反 保守
ほ しゅ

▶ 科学の進歩によって、生活はますます便利になります。
か がく　しん ぽ　　　　　　　　せいかつ　　　　　　　　べん り

隨著科學進步，生活變得越來越便利。

---

❷名

しん ろう
新郎
新郎

類 花婿
はなむこ

反 花嫁・新婦
はなよめ　しん ぷ

▶ 新郎に代わり、挨拶させていただきます。
しんろう　か　　　　あいさつ

代替新郎致詞。

すス・せセ　　　　　　　　　　　　　　MP3-013

❷名

すい さん
水産
水產

類 海鮮
かいせん

▶ 兄は大学院で水産物の研究をしています。
あに　だいがくいん　すいさんぶつ　けんきゅう

哥哥在研究所從事水產的研究。

---

❷名

すいじゅん
水準
水準

類 レベル・標準
れ べ る　ひょうじゅん

▶ 国民の生活水準は日増しに向上しています。
こくみん　せいかつすいじゅん　ひ ま　　　こうじょう

國民的生活水準日益提高。

---

❶名

せい い
誠意
誠意

類 誠
まこと

▶ 誠心誠意をもって尽くしました。
せいしんせい い　　　　　　　つ

誠心誠意全力以赴。

❶名

正義
せい ぎ
正義

▶ 正義感の強い人が好きです。
　せい ぎ かん つよ ひと す

喜歡有強烈正義感的人。

---

❶名

税金
ぜい きん
税金

▶ 税金はきちんと納めなければなりません。
　ぜいきん　　　　　　おさ

稅金必須確實繳納。

---

❶名 他サ

生産
せい さん
生產

▶ 経済不況のため、生産量を減らすしかありません。
　けいざい ふ きょう　　　　せいさんりょう へ

因為經濟不景氣，所以只好減少生產量。

▶ この製品はすごい人気で、今大量に生産されてい
　　　せいひん　　　　にん き　　いまたいりょう せいさん
ます。

這個產品很受歡迎，所以現在正大量生產。

---

❶名

生死
せい し
生死

類 死活
しかつ

▶ これは生死に関わる問題です。
　　　せい し かか もんだい

這是攸關生死的問題。

---

❸❶ナ形

正々堂々
せいせいどうどう
正大光明

▶ 正々堂々勝負しましょう。
　せいせいどうどうしょう ぶ

正大光明地較量吧！

---

❶名 ナ形

正当
せい とう
正當

反 不当
ふ とう

▶ 正当な理由がないと、許されません。
　せいとう り ゆう　　　ゆる

沒有正當的理由，就不會被原諒。

❶名 他サ

せい ばい
成敗
審判、懲罰

類 処罰
しょばつ

▶ 「喧嘩両成敗」という言葉があるのをご存知で
けん か りょうせいばい　　　　　ことば　　　　　　　　　ぞん じ
すか。

您知道「打架雙方都要受到處罰」這個語彙嗎？

❶名

せい ふ
政府
政府

▶ 大方の国民は政府の新しい制度に反発しています。
おおかた こくみん せいふ あたら せいど はんぱつ

大部分的國民不能接受政府的新制度。

❶名

せい めい
生命
生命

類 命
いのち

▶ ６０００万円の生命保険に入りました。
ろく せん まんえん せいめいほ けん はり

買了六千萬日圓的人壽保險。

❶名

せ かい
世界
世界

▶ アン・リーさんは世界で有名な映画監督です。
あん り せかい ゆうめい えい が かんとく

李安先生是世界有名的電影導演。

❶名

せき にん
責任
責任

類 責務
せき む

▶ 高木さんは責任感が強い人ですから、彼に任せ
たか ぎ せきにんかん つよ ひと かれ まか
れば安心です。
あんしん

高木先生是責任感很強的人，所以交給他的話就安心了。

▶ あなたが責任を取るべきだと思います。
せきにん と おも

我認為你應該負責任。

▶ 責任を人に押し付けないでください。
せきにん ひと お つ

請不要把責任推卸給別人。

①名

世間 せけん
世間

- ▶ 高木さんは世間知らずです。
  高木小姐不懂人情世故。
- ▶ 夕べ友人の家で世間話をしました。
  昨晚在朋友家聊天。

⓪名自サ

接近 せっきん
接近

- ▶ 台風が今、台湾に接近しつつあります。
  颱風現在，持續接近台灣。

⓪名他サ

設計 せっけい
設計
同 デザイン

- ▶ この服は有名なデザイナーが設計しました。
  這件衣服是名設計師所設計的。
- ▶ この家のインテリアは、シンプルに設計されています。
  這個房子的裝潢，設計得非常簡單。

①名他サ

設備 せつび
設備

- ▶ 設備の整った病院で、人間ドックを受けたほうがいいです。
  在設備完善的醫院，接受全身健康檢查比較好。

⓪名自サ

洗車 せんしゃ
洗車

- ▶ きれい好きの父は毎週1回洗車します。
  愛乾淨的爸爸每星期洗一次車。

①名

せんしゅ
選手
選手

▶ 佐野さんはプロ野球の選手です。
佐野先生是職業棒球選手。

▶ ついにオリンピックの選手に選ばれました。
終於被選為了奧林匹克的選手。

⓪名

ぜんてい
前提
前提

反 けつろん
結論

▶ 石井さんと結婚を前提として付き合っています。
以結婚為前提和石井小姐交往著。

⓪名自サ

せんめん
洗面
洗臉

▶ 洗面器に水を入れてください。
請把水放進洗臉盆裡。

そソ
MP3-013

⓪名他サ

そうぞう
創造
創造、創作

類 そうさく
創作
反 もほう
模倣

▶ みなさん、一緒に美しい未来を創造しましょう。
大家一起創造美好的未來吧！

⓪名自サナ形副

そうとう
相当
相當

類 がいとう
該当

▶ １０万円相当の商品が当たりました。
中了相當於十萬日圓的商品。

▶ 手術には相当なお金が必要なので、困っています。
手術因需要很多錢，所以很傷腦筋。

❶ 名

そくど
速度
速度

類 **そくりょく・スピード**
速力・スピード

▶ 時速 ６０ キロ以下の速度を保ってください。
請保持時速六十公里以下的速度。

⓪ 名 他サ

そんがい
損害
損害

▶ 損害賠償が支払われることになりました。
判定獲得損害賠償了。

⓪ 名 他サ

そんけい
尊敬
尊敬

類 **うやま**
敬う

反 **けいべつ**
軽蔑

▶ 私達はみな長谷川さんを尊敬しています。
我們大家都很尊敬長谷川先生。

▶ 臼井先生は尊敬に値する先生です。
臼井老師是值得尊敬的老師。

⓪ 名 他サ

たいぐう
待遇
待遇

▶ 弟は待遇のいい会社に勤めています。
弟弟在待遇不錯的公司上班。

❶ 名 自サ

たいしゃ
代謝
代謝

▶ 年を取ると、新陳代謝は悪くなります。
一上了年紀，新陳代謝就會變差。

0 名

たいしょう
対象
對象

これは女性を対象とした雑誌です。

這是以女性為對象的雜誌。

---

1 名

たいど
態度
態度

類 しせい
姿勢

どんなに成功しても、傲慢な態度は嫌われるだけです。

即使如何地成功，傲慢的態度只會令人討厭。

---

3 名 副

だいぶぶん
大部分
大部分

類 たいてい・おおかた・だいたすう
大抵・大方・大多数
反 いちぶぶん
一部分

参加者は大部分が男性でした。

參加者大部分是男性。

---

1 名

だいろっかん
第六感
第六感

類 ちょっかん
直感

弟は第六感がよく働きます。

弟弟第六感很準。

---

0 名

だげき
打撃
打擊

類 しょうげき
衝撃

その知らせには、致命的な打撃を受けました。

那個消息給了我致命的打擊。

---

0 名 他サ

たっせい
達成
達成

類 たっ
達する

目標が達成できるように頑張っています。

為了能夠達成目標而努力著。

重要な使命を達成しました。

達成了重要的使命。

133

0 名 自サ

だんけつ
団結
團結

類 けっしゅう
結集

▶ だんけつ　ちから
団結こそ力です。

團結就是力量。

---

0 名

だんせい
男性
男性

同 おとこ　だんし　おとこ ひと
男・男子・男の人
反 じょせい　おんな　じょし
女性・女・女子・
おんな ひと
女の人

▶ だんせい　　　　　ある　かた
男性のような歩き方をするのはやめなさい。

不要像男生那樣走路！

---

0 名

たんどく
単独
單獨

反 きょうどう
共同

▶ かって　　　たんどくこうどう
勝手に単独行動してはいけません。

不可擅自單獨行動。

ちチ

MP3-014

---

0 名

ちきゅう
地球
地球

▶ わたしたち　ち きゅう　　　　　ひと　　　　　　たいせつ
私達の地球はただ１つですから、大切にしない
といけません。

我們的地球只有一個，所以必須好好珍惜。

---

1 名 自他サ

ちゅうい
注意
注意

類 ちゅうこく　いけん　ようじん
忠告・意見・用心
反 ふ ちゅうい
不注意

▶ かわ の　　　　　　　　ちゅう い　　　　　き
河野さんはいくら注意しても聞きません。

無論怎麼警告，河野小姐都不聽。

0 名 他サ

ちゅうもん
注文
訂購

▶ この本を注文したいんですが……。

我想訂購這本書……。

---

0 名 自サ

ちょうせん
挑戦
挑戰

類 いど
挑む・チャレンジ

▶ 滅多にないチャンスですから、挑戦してみませんか。

很難得的機會，所以不挑戰看看嗎？

▶ 今度は世界記録に挑戦したいです。

這次想挑戰世界紀錄。

つツ・てテ

0 名 他サ

つい か
追加
追加

▶ 追加予算をしないと、足りません。

不追加預算的話，就會不夠。

▶ もう1人前追加したいです。

想再追加一人份。

---

0 名 他サ

ついきゅう
追求
追求

▶ 理想を追求するため、日本に来ました。

為了追求理想而來到日本。

---

0 名 他サ

ついきゅう
追究
追究

類 たんきゅう
探究

▶ 事件の真相を追究する必要があります

有必要追究事情的真相。

①名

ていき
定期
定期

- 車は定期的に検査しています。
  車子有定期檢查。

- 定期預金を解約したいです。
  想解約定期存款。

- 今日は定期券を忘れました。
  今天忘了帶月票。

⓪名他サ

ていきょう
提供
提供

類 差出す・提出

- お互いに情報を提供し合いましょう。
  互相提供情報吧！

⓪名自サ

ていこう
抵抗
抵抗

類 反抗

- 運命に抵抗しても無駄です。
  即使向命運抵抗也沒有用。

⓪名自他サ

ていし
停止
停止

- この本はもう出版停止になりました。
  這本書已經停止出版了。

⓪名自サ

ていしゃ
停車
停車

類 駐車
反 発車

- この電車は各駅停車です。
  這班電車每站都停。

⓪ 名 他サ

てい しゅつ
提出
提出

類 **ていきょう**
提供

▶ そつろん らいげつ ていしゅつ
卒論は来月までに提出してください。

畢業論文請在下個月前提出。

⓪ 名 自サ

てい でん
停電
停電

▶ ゆう えれべ た なか きゅう ていでん
夕べエレベーターの中で急に停電になり、びっ
くりしました。

昨晚在電梯裡，突然停電，嚇了一大跳。

▶ ていでん しごと いちじ ていし
停電で仕事が一時停止しました。

因停電工作暫時停止了。

---

① ⓪ 名

てい ど
程度
程度

類 **どあい**
度合

▶ ていど こども
その程度なら、子供でさえできます。

那種程度的話，連小孩都會。

⓪ 名 自他サ

てっ てい
徹底
徹底

類 **てっ**
徹する

▶ いち ど てっていてき しら
もう 1 度、徹底的に調べたほうがいいです。

再次徹底調查一下比較好。

⓪ ① 名 他サ

てん か
添加
添加

▶ てん か ぶつ いっさいつか
添加物は一切使っていません。

完全沒有使用添加物。

---

① 名

てん か
天下
天下

▶ こんかい せんきょ みんしゅとう てん か と
今回の選挙では民主党が天下を取りました。

在這次的選舉，民主黨取得天下。

PART 2 很像台語的日語

❶名

天気
てんき
天氣
類 天候・気候
てんこう きこう

▶ 明日天気がよかったら、花見に行きませんか。
あした てんき はなみ い
明天天氣好的話，要不要去賞花呢？

▶ 天気予報によると、明日は雨が降るそうです。
てんき よほう あした あめ ふ
根據天氣預報，聽説明天會下雨。

▶ 妹はお天気屋さんなので困ります。
いもうと てんき や こま
妹妹是喜怒無常的人，所以很傷腦筋。

▶ 動物園へ行くかどうかは、
どうぶつえん い
明日の天気次第です。
あした てんき しだい
去不去動物園，要看明天的天氣。

❶名

電気
でんき
電燈、電

▶ ちょっと暗いから、電気を付けてください。
くら でんき つ
有一點暗，所以請開電燈。

❶❶名

電車
でんしゃ
電車

▶ 電車で行ったほうが早いですよ。
でんしゃ い はや
搭電車去比較快喔！

❶名ナ形

天真
てんしん
天真

▶ あの子は天真爛漫で可愛いです。
こ てんしんらんまん かわい
那小孩天真爛漫又可愛。

0 名 ナ形

てんねん
天然
天然

類 自然
しぜん

▶ ここは<u>天然</u>資源が豊富なところです。
てんねん しげん ほう ふ

這裡是天然資源豐富的地方。

---

1 名

でんぱ
電波
電波

▶ 今、<u>電波</u>の届かないところにいます。
いま でんぱ とど

現在，在收不到訊號的地方。

---

0 名 他サ

てんらん
展覧
展覧

類 展示
てんじ

▶ 土曜日の午後、車の<u>展覧</u>会を見に行きたいです。
どようび ごご くるま てんらんかい み い

星期六的下午，想去看車展。

とト

MP3-014

---

0 名

ど
度
度

▶ 「二<u>度</u>あることは三<u>度</u>ある」（ことわざ）
に ど さん ど

「禍不單行」（諺語）

▶ 浜崎歩は台湾でも知名<u>度</u>が高いです。
はまさきあゆみ たいわん ちめいど たか

濱崎步在台灣的知名度也很高。

▶ 何<u>度</u>も日本へ行きました。
なんど にほん い

去日本好幾次了。

---

0 名 他サ

とうけい
統計
統計

▶ これは信頼できる資料による<u>統計</u>です。
しんらい しりょう とうけい

這是依據可信賴的資料所做的統計。

❶名

当時
とう じ
當時
類 あの頃・その頃
ころ　　　ころ

▶ 当時はテレビという物はなかったそうです。
とう じ　　　　　　　　　　　もの
聽説當時沒有電視這種東西。

▶ 当時の模様は、もうほとんど覚えていません。
とう じ　 も よう　　　　　　　　　　おぼ
當時的模樣,已經幾乎不記得了。

⓪名自サ

当選
とう せん
當選
反 落選
らくせん

▶ 今度の選挙で、久保さんは高得票で当選しました。
こん ど　 せんきょ　　 く ぼ　　　　こうとくひょう　 とうせん
這次選舉,久保先生以高票當選。

⓪名ナ形副

当然
とう ぜん
當然
類 もちろん

▶ 勉強するのは、学生として当然のことです。
べんきょう　　　　　 がくせい　　　　　 とうぜん
身為學生,唸書是理所當然的事。

▶ 借りたお金を返すのは当然です。
か　　　 かね　 かえ　　　　 とうぜん
借的錢當然要還。

⓪名

同窓
どう そう
同學、同窓

▶ 久しぶりの同窓会は来週の日曜日に行われます。
ひさ　　　　　 どうそうかい　 らいしゅう　 にちよう び　　 おこな
相隔許久的同學會將在下星期日舉行。

⓪名

動物
どう ぶつ
動物
反 植物
しょくぶつ

▶ 今は台湾でも、動物園でパンダを見ることができます。
いま　 たいわん　　　　 どうぶつえん　　 ぱん だ　 み
現在台灣,也能在動物園看到貓熊。

▶ 動物を苛めてはいけません。
どうぶつ　 いじ
不可欺負動物。

⓪ 名 自サ

とうぼう
逃亡
逃亡

▶ 犯人は人を殺して、海外へ逃亡しています。

犯人殺了人之後，逃亡到海外。

---

❸❶ 名

どうり
道理
道理、難怪

類 筋・なるほど

▶ 道理で日本語が上手です。

難怪日文好。

---

❷ 名

どく
毒
毒

反 薬

▶ お酒を飲みすぎると、体に毒です。

喝太多酒的話，對身體不好。

▶ そんなもの、毒にも薬にもならないですよ。

那種東西，無害也無益喔！

⓪ 名

どくしん
独身
單身

類 未婚

▶ わたしは一生独身で過ごすつもりです。

我打算一輩子單身生活。

⓪ 名 自サ

どくりつ
独立
獨立

▶ 娘は独立心が強いです。

女兒非常獨立。

▶ 息子は独立し、今年自分の店をオープンさせました。

兒子獨立出來，今年開了自己的店。

---

❶ 名

とし
都市
都市

類 都会 反 田舎

▶ 台北は台湾で1番大きな都市です。

台北是台灣最大的都市。

❷名

図書館 としょかん
圖書館

▶ 私はよく図書館で本を借ります。
我常常在圖書館借書。

▶ 図書館の貸し出し期限は1ヶ月です。
圖書館的借出期限是一個月。

---

❶名

内臓 ないぞう
內臟

▶ 祖父は内臓に疾患があるということで、入院しました。
祖父因內臟有疾病，所以住院了。

❶名 自他サ

内定 ないてい
內定

▶ 彼の昇進はすでに内定しています。
他的晉升已經內定。

❶名

内部 ないぶ
內部

類 **内面・内輪** ないめん・うちわ
反 **外部** がいぶ

▶ 内部事情に関しては、松尾さんのほうが詳しいです。
有關內部的事情，松尾先生比較清楚。

❶名

内容 ないよう
內容

類 **中身** なかみ

▶ 昨日の会議の内容を教えてください。
請告訴我昨天會議的內容。

⓪名

ない らん
内乱
内亂
類 <ruby>内戦<rt>ないせん</rt></ruby>

▶ <ruby>内乱<rt>ないらん</rt></ruby>はようやく<ruby>鎮<rt>しず</rt></ruby>まったそうです。

聽説內亂好不容易鎮壓下來了。

⓪名

にっ き
日記
日記
類 <ruby>日誌<rt>にっし</rt></ruby>

▶ <ruby>私<rt>わたし</rt></ruby>は<ruby>毎日日記<rt>まいにちにっき</rt></ruby>をつけています。

我每天寫日記。

⓪名自サ

にゅういん
入院
住院
反 <ruby>退院<rt>たいいん</rt></ruby>

▶ <ruby>来週<rt>らいしゅう</rt></ruby>の<ruby>月曜日<rt>げつようび</rt></ruby>、<ruby>入院<rt>にゅういん</rt></ruby>して<ruby>検査<rt>けんさ</rt></ruby>を<ruby>受<rt>う</rt></ruby>けます。

下星期一要住院接受檢查。

⓪名自サ

にゅうもん
入門
入門

▶ まずは<ruby>入門書<rt>にゅうもんしょ</rt></ruby>を<ruby>買<rt>か</rt></ruby>って<ruby>勉強<rt>べんきょう</rt></ruby>するつもりです。

首先我打算買入門書學習。

⓪名

にん き
人気
人氣
類 <ruby>評判<rt>ひょうばん</rt></ruby>

▶ あの<ruby>日本<rt>にほん</rt></ruby>の<ruby>歌手<rt>かしゅ</rt></ruby>は、<ruby>今<rt>いま</rt></ruby>でも<ruby>台湾<rt>たいわん</rt></ruby>ですごい<ruby>人気<rt>にんき</rt></ruby>です。

那位日本歌手,現在在台灣也很受歡迎。

---

①名

にんじょう
人情
人情

▶ <ruby>都会<rt>とかい</rt></ruby>の<ruby>人<rt>ひと</rt></ruby>は、<ruby>田舎<rt>いなか</rt></ruby>の<ruby>人<rt>ひと</rt></ruby>より<ruby>人情味<rt>にんじょうみ</rt></ruby>に<ruby>乏<rt>とぼ</rt></ruby>しいです。

都市人比鄉下人缺乏人情味。

PART 2 很像台語的日語

❶ 名 他サ

にんたい
忍耐
忍耐

類 **辛抱・我慢**
しんぼう　がまん

▶ 今の若者は忍耐力が足りないです。
いま　わかもの　にんたいりょく　た

現在的年輕人忍耐力不夠。

---

❶ 名 他サ

にんてい
認定
認定

▶ この店は優良店に認定されました。
みせ　ゆうりょうてん　にんてい

這家店被認定為優良商店。

---

❶ 名

にんむ
任務
任務

類 **勤め・役目・役割**
つと　やくめ　やくわり

▶ どんな困難があっても、絶対に任務を達成して
こんなん　　　　　　ぜったい　にんむ　たっせい
見せます。
み

不論遇到什麼樣的困難，絕對達成任務給你們看。

---

❶ 名

のうさん
農産
農産

▶ 林檎は青森県で最も有名な農産物です。
りんご　あおもりけん　もっと　ゆうめい　のうさんぶつ

蘋果是青森縣最有名的農產品。

---

❶ 名

のうやく
農薬
農藥

▶ この野菜は農薬を一切使っていません。
やさい　のうやく　いっさいつか

這蔬菜完全沒有使用農藥。

はハ行｜はハ

MP3-016

0 名 他サ

ばいしょう
賠償
賠償
類 補償（ほしょう）

▶ 取引先（とりひきさき）の損失（そんしつ）は、すべて賠償（ばいしょう）するつもりです。

客戶的損失，打算全部賠償。

---

0 名 自サ

は さん
破産
破産
類 倒産（とうさん）

▶ 長年（ながねん）の赤字（あかじ）で、先週（せんしゅう）、破産宣告（はさんせんこく）をしました。

因長年赤字，上星期宣告了破產。

---

0 名 自サ

はっかく
発覚
發覺

▶ ご主人（しゅじん）の浮気（うわき）が発覚（はっかく）し、離婚（りこん）することになった そうです。

聽說她發現老公外遇而決定離婚。

---

0 名

ばっきん
罰金
罰金

▶ スピード違反（いはん）で罰金（ばっきん）を払（はら）わされました。

因超速而被罰了款。

---

0 名 他サ

はっけん
発見
發現
類 露見（ろけん）

▶ 銀行（ぎんこう）の中（なか）で不審者（ふしんしゃ）を発見（はっけん）したので、警察（けいさつ）に通報（つうほう） しました。

因為在銀行發現可疑人物，所以報警了。

---

0 名 自サ

はっ たつ
発達
發達
類 発展（はってん）

▶ 東京（とうきょう）は私（わたし）が思（おも）ったより発達（はったつ）しています。

東京比我想像的還要發達。

PART 2 很像台語的日語

145

0 名 自サ

はってん
発展
發展
類 **発達・展開**
はったつ・てんかい

▶ 中国は急速に発展しましたが、深刻な環境破壊
をももたらしました。
ちゅうごく　きゅうそく　はってん　　　　　しんこく　かんきょう　は　かい

中國雖然急速發展，但也造成了嚴重的環境破壞。

---

0 名 他サ

はつめい
発明
發明
類 **考案**
こうあん

▶ 誰が飛行機を発明したか知っていますか。
だれ　ひこう　き　はつめい　　　し

你知道誰發明了飛機嗎？

---

0 名 自他サ

はん えい
反映
反映
類 **投影**
とうえい

▶ 親の躾は子供に反映します。
おや　しつけ　こ　ども　はんえい

父母的教養反映在小孩身上。

---

0 名 自サ

はん げき
反撃
反擊

▶ どうして殴られても反撃しなかったのですか。
なぐ　　　　　　はんげき

為什麼被毆打也不反擊呢？

---

0 名 自サ

はん こう
反抗
反抗
類 **反発**
はんぱつ
反 **服従**
ふくじゅう

▶ うちの子は今すごい反抗期ですから、大変です。
こ　いま　　　　はんこう き　　　　　　たいへん

我的小孩現在正值叛逆期，所以很辛苦。

---

0 名 自他サ

はん しゃ
反射
反射

▶ 太陽の光が鏡に反射し、眩しくて目が開けられ
たいよう　ひかり　かがみ　はんしゃ　　まぶ　　　　め　あ
ません。

太陽光反射到鏡子上，刺眼而張不開眼睛。

❶ 名

はん しん
半身
半身

▶ 祖父は３年前、脳溢血で半身不随になってしまいました。

爺爺在三年前，因腦溢血而半身不遂。

---

❺ 名

はんしんはん ぎ
半信半疑
半信半疑

▶ 平野さんの話を半信半疑で聞いていました。

半信半疑地聽了平野先生的話。

---

❶ 名 ナ形 自サ

はん たい
反対
反對、相反

類 あべこべ・逆・
逆様

▶ その考えには反対です。

反對那個想法。

▶ スーパーはこの通りの反対側にあります。

超市在這條路的對面。

---

❶ 名

はん にん
犯人
犯人

▶ 犯人はまだ逃走中です。

犯人還在逃。

▶ その殺人事件の犯人はまだ掴まっていません。

那件殺人案的犯人還沒被抓到。

ひヒ

MP3-016

❶ 名

ひ がい
被害
被害

▶ 今回の台風では、南部の被害がもっとも大きかったそうです。

聽說這次的颱風，南部的災害最大。

0 名 ナ形

悲惨（ひさん）
悲惨

▶ 経験者の誰もが、戦争の悲惨な風景は忘れられないと言います。
經歷過的人都說，忘不了戰爭悲慘的情況。

---

1 名

美術（びじゅつ）
美術

▶ 今日は気分転換に美術館へ行って来ました。
今天為了轉換心情，去了美術館。

---

1 0 名

美人（びじん）
美人
類 美女（びじょ）
反 ぶす

▶ 折原さんのうちは、お母さんも美人です。
折原小姐家，媽媽也是美女。

▶ 来週、美人コンテストがあります。
下星期，有選美比賽。

---

1 名

秒（びょう）
秒

▶ この接着剤なら、たった 3秒でつくそうです。
聽說這個黏膠，只要三秒就能黏住。

---

0 名

美容（びよう）
美容

▶ 酒井さんは優秀な美容師です。
酒井小姐是優秀的美容師。

▶ 月に1度、美容院へ髪を切りに行きます。
一個月去美容院剪一次頭髮。

---

0 名

病院（びょういん）
醫院

▶ 病院へ行ったほうがいいです。
去一下醫院比較好。

0 名

ひょうじゅん
標準
標準

類 基準
き じゅん

▶ これは標準サイズのスーツです。
ひょうじゅん さ い ず す つ

這是標準尺寸的套裝。

---

0 名 自サ

ひ れい
比例
比例

▶ 私の出費は収入に比例していません。
わたし しゅっ ぴ しゅうにゅう ひ れい

我的支出和收入不成比例。

---

0 名 自サ

ひ ろう
疲労
疲労

類 疲れ
つか

▶ 一日中パソコンに向かっているので、目の疲労
いちにちじゅう ぱ そ こん む め ひ ろう
がひどいです。

對著電腦一整天,所以眼睛非常疲勞。

ふフ

MP3-016

---

1 名

ぶ か
部下
部下

類 配下
はい か

反 上司
じょう し

▶ 私の部下はみんな優秀です。
わたし ぶ か ゆうしゅう

我的部下都很優秀。

---

2 名 ナ形

ふ かくてい
不確定
不確定

反 確定
かくてい

▶ 不確定な要素がありすぎて、すぐには決められ
ふ かくてい よう そ き
ません。

不確定的因素太多,所以無法立刻決定。

❶名

武器 ぶき
武器
類 兵器 へいき

▶ 涙は女の武器とよく言われます。
大家常説眼淚是女人的武器。

❷❶名

付近 ふきん
附近
類 辺り・近所・近辺 あた　きんじょ　きんぺん

▶ この付近にはデパートがありません。
這附近沒有百貨公司。

❷名ナ形

不謹慎 ふきんしん
不謹慎
反 謹慎 きんしん

▶ 不謹慎なふるまいは控えなさい。
不謹慎的舉止,控制一下!

❶名

夫人 ふじん
夫人
類 奥様 おくさま

▶ 社長夫人には1度だけ会ったことがあります。
社長夫人我只見過一次面而已。

❷名

不信任 ふしんにん
不信任
反 信任 しんにん

▶ 内閣不信任案はわずかの差で否決されました。
內閣不信任案以些微的差距被否決了。

❶名

舞台 ぶたい
舞台
類 ステージ すてじ

▶ 久しぶりに舞台に立つので、すごく緊張しています。
好久沒站在舞台上,所以非常緊張。

②名 ナ形

ふちゅうい
不注意
疏忽

反 **注意**（ちゅうい）

▶ この事故は運転手の不注意から起こりました。
（じこ）（うんてんしゅ）（ふちゅうい）（お）

這場車禍是因為駕駛的疏忽所引起的。

⓪名

ぶどう
葡萄
葡萄

▶ 果物の中で一番好きなのは、葡萄です。
（くだもの）（なか）（いちばん す）（ぶどう）

水果裡面，我最喜歡的是葡萄。

▶ 私は葡萄酒を飲むのが好きです。
（わたし）（ぶどうしゅ）（の）（す）

我喜歡喝葡萄酒。

---

②⓪名

ふどうさん
不動産
不動產

反 **動産**（どうさん）

▶ 社長は１千万ドル相当の不動産を持っているそうです。
（しゃちょう）（いっせんまん ど る そうとう）（ふどうさん）（も）

聽說社長擁有相當於一千萬美元的不動產。

⓪名 他サ

ぶんかつ
分割
分割

▶ こちらの商品は分割払いも可能です。
（しょうひん）（ぶんかつばら）（かのう）

這些商品也可以分期付款。

▶ 分割払いじゃないと、買えません。
（ぶんかつばら）（か）

不分期付款的話就買不起。

⓪名

ふんすい
噴水
噴水

▶ うちの会社には大きな噴水があります。
（かいしゃ）（おお）（ふんすい）

我們公司有很大的噴水池。

⓪名 他サ

ぶんせき
分析
分析

類 **解析**（かいせき）

反 **総合**（そうごう）

▶ 新井さんは、経済情勢を分析するのが得意です。
（あらい）（けいざいじょうせい）（ぶんせき）（とくい）

新井先生很會分析經濟情勢。

PART 2　很像台語的日語

0 名 他サ

ぶん ぴつ
分泌
分泌

▶ ガムをかむと、唾液の分泌が盛んになります。
一咬口香糖，唾液的分泌就變得旺盛。

1 0 名 他サ

ぶん べつ
分別
分別

▶ 日本は台湾よりゴミの分別が細かいそうです。
聽說日本垃圾的分類比台灣仔細。

3 名

ぶん りょう
分量
分量

▶ 高校に入ってから、宿題の分量がさらに増えました。
進了高中以後，作業的分量更增加了。

へへ

0 名 自他サ

へい きん
平均
平均
類 平衡
へいこう

▶ 私は毎日、平均2時間ぐらい日本語を勉強しています。
我每天平均唸二小時左右的日語。

3 名

べっ そう
別荘
別墅

▶ 南部の田舎に別荘を買いました。
在南部的鄉下買了別墅。

PART 2 很像台語的日語

0 名 自他サ

べん かい
弁解
辯解

類 言訳・弁明

▶ すこしも弁解の余地はありません。

一點辯解的餘地也沒有。

---

0 名

へん けん
偏見
偏見

▶ 部長は私に偏見を持っているようです。

部長對我好像有偏見。

---

3 名

べん とう
弁当
便當

▶ コンビニでお弁当を買いましょう。

在便利商店買便當吧！

▶ この弁当はまずくて、食べられませんでした。

這個便當難吃得無法下嚥。

ほ ホ

MP3-016

0 名 自サ

ぼう えき
貿易
貿易

類 交易・通商

▶ 台湾は日本と頻繁に貿易をしています。

台灣和日本貿易頻繁。

---

0 名 他サ

ぼう がい
妨害
妨害

類 妨げ・阻害

▶ 台風のせいで倒れた木が、交通の妨害となっています。

因颱風而倒下的樹，妨害了交通。

① 名 他サ

放棄
ほうき

放棄

類 投出す・諦める
なげだ　　あきら

▶ 自分の権利を放棄しないほうがいいです。
じぶん　けんり　　　　ほうき

不要放棄自己的權利比較好。

⓪ 名 自他サ

放射
ほうしゃ

放射

▶ この機械は熱を四方に放射します。
きかい　ねつ　しほう　ほうしゃ

這台機器將熱往四周發散。

⓪ 名 自サ

放心
ほうしん

放心、恍惚

類 ぼんやり

▶ あまりに急な出来事で、思わず放心してしまいました。
きゅう　できごと　　　　おも　　　ほうしん

因為事出突然，所以不由得恍神。

⓪ 名 他サ

放送
ほうそう

播放

▶ この野球の試合は生放送です。
やきゅう　しあい　なまほうそう

這場棒球比賽是實況轉播。

⓪ 名 他サ

報道
ほうどう

報導

▶ 正確な報道をするのは、マスコミの義務です。
せいかく　ほうどう　　　　　　ますこみ　ぎむ

正確的報導，是媒體的義務。

⓪ 名 ナ形

豊富
ほうふ

豐富

類 豊か
ゆた

反 乏しい
とぼ

▶ 大塚さんは翻訳経験が豊富です。
おおつか　　　ほんやくけいけん　ほうふ

大塚小姐翻譯經驗豐富。

①名

ほうべん
方便
方便、權宜之計

▶「嘘も方便」と言います。

説「善意的謊言」。

---

③名

ほうめん
方面
方面

類 ぶんや
分野

▶彼女は各方面に秀でています。

她在各方面都很優秀。

⓪名他サ

ほうもん
訪問
訪問

▶夕べは先生が家庭訪問に見えました。

昨晚老師來家庭訪問。

⓪①名

ぼさつ
菩薩
菩薩

▶いつも観音菩薩のお守りを身に着けています。

觀世音菩薩的護身符一直放在身上。

---

①名他サ

ほじ
保持
保持

類 いじ
維持

▶若さを保持する秘訣は何ですか。

保持年輕的祕訣是什麼呢？

---

①名他サ

ほしゅ
保守
保守

反 かくしん
革新

▶田舎の人たちは一般的にまだ保守的です。

鄉下人一般還是很保守的。

0 名 他サ

ほ しょう
補償
補償
類 **ばいしょう**
賠償

▶ **いりょうみ す** **ほしょうきん**
医療ミスで、補償金をもらいました。
因醫療疏失而獲得了補償金。

0 名 他サ

ぼっしゅう
没収
没収
類 **おうしゅう せっしゅう**
押収・接収

▶ **じゅぎょうちゅう けいたい はな** **せんせい ぼっしゅう**
授業中に携帯で話していて、先生に没収されました。
上課中講手機，被老師沒收了。

0 名 自サ

ほ よう
保養
保養、休養
類 **きゅうよう せいよう**
休養・静養

▶ **たいいん からだ ほ よう たいせつ**
退院したら、体の保養も大切です。
出院之後，身體的休養也很重要。

0 名 他サ

ほ りゅう
保留
保留
類 **りゅうほ**
留保

▶ **けってい ほ りゅう**
決定は保留になったそうです。
聽説決定保留。

まマ行｜まマ

MP3-017

0 名 他サ

まい そう
埋葬
埋葬

▶ **し ことり にわ まいそう**
死んだ小鳥を、庭に埋葬しました。
把死掉的小鳥，埋在庭院了。

❶ 名 他サ

ま すい
麻酔
麻醉

▶ 手術は局部麻酔なので、意識ははっきりしています。

因為手術是局部麻醉，所以意識很清楚。

❶ 名

まん
万
萬

▶ 万が一何かあったら、すぐ連絡してください。

萬一發生什麼事，請馬上與我連絡。

▶ 万が一失敗したら、どうしますか。

萬一失敗了的話，怎麼辦呢？

❶ 名

まん が
漫画
漫畫

▶ あの子は漫画を描くのが得意です。

那個小孩很會畫漫畫。

❶ 名

まん せい
慢性
慢性

反 きゅうせい
急性

▶ 私の頭痛はすでに慢性化しています。

我的頭痛已經慢性化了。

みミ

MP3-017

❶ 名

み らい
未来
未來

類 しょうらい
将来

反 か こ
過去

▶ 未来のことは誰にも分かりません。

將來的事情沒有人會知道。

⓪ 名

みん えい
民営
民營

類 **しえい**
私営

反 **こうえい**
公営

▶ 民間人が経営することを民営といいます。
民間人士所經營的，就叫民營。

⓪ 名

みん かん
民間
民間

類 **せけん**
世間

反 **かん**
官

▶ 国はこのプロジェクトに、民間の出資を期待しています。
國家期待這個計畫民間可以出資。

---

① 名

みん ぞく
民族
民族

▶ 着物は日本の民族衣装です。
和服是日本的民族服裝。

むム
MP3-**017**

---

② 名 ナ形

む いぎ
無意義
無意義

反 **ういぎ**
有意義

▶ 人生を無意義に送りたくありません。
不想無意義地度過人生。

⓪ 名 ナ形

む えん
無縁
無縁

類 **む かんけい**
無関係

反 **う えん**
有縁

▶ 海外生活などというのは、私とはまったく無縁のことです。
話説在國外生活什麼的，是和我完全無緣的事情。

---

❶ 名 ナ形

むがい
無害
無害

反 有害（ゆうがい）

▶ この虫除（むしよ）けスプレ（す ぷ れ）ーは人畜（じんちく）無害（むがい）ですから、安心（あんしん）
してください。

這個防蟲噴霧對人畜無害，所以請安心。

❷ 名 ナ形

むしんけい
無神経
反應遲鈍

類 無感覚（むかんかく）

▶ 彼（かれ）は空気（くうき）を読（よ）めない、無神経（むしんけい）な人間（にんげん）だと思（おも）います。

我覺得他是不會看周圍氣氛、神經大條的人。

❶ 名 ナ形

むよう
無用
無用、不必要、禁止

類 不要（ふよう）

▶ 心配（しんぱい）は一切（いっさい）無用（むよう）です。

擔心完全沒有用。

めメ

MP3-017

❶❸ 名

めいぎ
名義
名義

▶ 杉山（すぎやま）さんは弟（おとうと）の名義（めいぎ）でたくさんお金（かね）を借（か）りました。

杉山先生以弟弟的名義借了很多錢。

❶ 名

めいさん
名産
名産

類 特産（とくさん）・名物（めいぶつ）

▶ 名産（めいさん）だからと言（い）って、おいしいとは限（かぎ）りません。

就算是名產，也不見得好吃。

0 名

めい しん
迷信
迷信

▶ 母は迷信というものを結構信じています。
我媽媽相當迷信。

---

0 名 他サ

めい れい
命令
命令

類 指令
し れい

▶ これは社長命令なので、仕方がないでしょう。
這是社長的命令，所以沒辦法呀！

---

0 名 他サ

めん ぜい
免税
免税

類 無税
む ぜい

▶ 外国からの観光客は、一部免税になります。
外國來的觀光客，部分免税。

---

0 名

めん ぼく
面目
面目、體面

同 面目
めん もく

類 面子・体面
めん つ　　たい めん

▶ こんなことがばれたら、面目がありません。
這樣的事被發現的話，就無臉見人了。

もモ

MP3-017

0 名 他サ

もう そう
妄想
妄想

類 幻想
げん そう

▶ 彼女は妄想にふけるのが好きです。
她喜歡沉浸於妄想中。

0 名

もくぜん
目前
目前、眼前
類 **がんぜん・め まえ**
眼前・目の前

▶ 試合の日が目前に迫っています。
試合の日が目前に迫っています。

比賽的日子迫於眼前。

0 名

もくてき
目的
目的
類 **もくひょう**
目標

▶ 目的地はどこですか。
目的地是哪裡呢？

0 名

もくひょう
目標
目標
類 **もくてき**
目的

▶ 自分は癌と知り、人生の目標を一瞬失ったように感じました。
自己得知罹患癌症，覺得好像人生的目標瞬間消失。

0 名

もん だい
問題
問題
反 **かいとう**
解答

▶ この数学の問題が解けた人はまだいません。
還沒有人能解這題數學問題。

▶ この問題をすぐ解決するのは絶対無理です。
要馬上解決這個問題，是絕對不可能。

やヤ行｜やヤ

MP3-**018**

1 名

や かん
夜間
夜間
反 **ひる ま**
昼間

▶ 夜間は戸締りに注意しましょう。
夜晚記得鎖門喔！

0 名

や けい
夜景
夜景

▶ 陽明山へ夜景を見に行きませんか。
要不要到陽明山看夜景呢？

---

1 名

や しん
野心
野心

類 野望

▶ あの政治家は野心満々に見えます。
那位政治家看得出來很有野心。

---

0 名 自サ

や せい
野生
野生

▶ 野原には野生の植物がたくさん生えています。
原野上長著很多野生植物。

---

0 名

や ちょう
野鳥
野鳥

▶ 祖父はおととい野鳥の観察に出かけました。
祖父前天出門觀察野鳥了。

---

0 名

やっ きょく
薬局
藥局

▶ これは薬局で買えます。
這個在藥局買得到。

▶ 家の近くの薬局で風邪薬を買ってきました。
在家附近的藥局買了感冒藥回來。

---

0 名 ナ形

や ばん
野蛮
野蠻

類 未開

▶ お酒を飲むといつも、ふるまいが野蛮になります。
只要一喝酒，舉止行為就變得野蠻。

❸ 名 ナ形

ゆういぎ
有意義
有意義
反 むいぎ 無意義

▶ 有意義な生活を送りたいです。

想過有意義的生活。

⓿ 名 ナ形

ゆううつ
憂鬱
憂鬱
類 ちんうつ 沈鬱

▶ 将来のことを考えると、憂鬱になります。

一想到將來，就變得憂鬱。

⓿ 名 自サ

ゆうえつ
優越
優越
反 れっとう 劣等

▶ 彼女は息子が立派な医者になったことに、優越感を持っています。

她因兒子成為優秀的醫生而有著優越感。

❶ 名 ナ形

ゆうが
優雅
優雅
反 そや 粗野

▶ 関口さんは優雅におじぎをします。

關口小姐優雅地行禮。

⓿ 名 他サ

ゆうかい
誘拐
誘拐、拐騙、綁架

▶ 近所の子供が誘拐されたそうです。

聽説附近的小孩被綁架了。

⓿ 名 ナ形

ゆうがい
有害
有害
反 むがい 無害

▶ タバコは体に有害です。

香菸對身體有害。

❶名

ゆうき
勇気
勇氣

▶ 勇気を出して春江さんに告白しました。
提起勇氣，向春江小姐告白了。

---

❶名 ナ形

ゆうしゅう
優秀
優秀

類 **ゆうりょう**
優良

反 **れつあく**
劣悪

▶ 優秀な成績で学校を卒業しました。
以優秀的成績從學校畢業了。

---

❶名 ナ形

ゆうせい
優勢
優勢

反 **れっせい**
劣性

▶ 議会では保守党が優勢を占めています。
議會裡保守黨占優勢。

---

❶名 自他サ

ゆうせん
優先
優先

▶ この席はお年寄りの方や体の不自由な方を優先
します。
這個位子以年老者或殘障人士為優先。

---

❶名 他サ

ゆうたい
優待
優待

類 **ゆうぐう**
優遇

▶ 今回は会員のみを優待することになっています。
這次僅優待會員。

---

❶名 ナ形

ゆうどく
有毒
有毒

反 **むどく**
無毒

▶ 河豚は有毒なので、気をつけてください。
因為河豚有毒，所以請小心。

0 名 ナ形

ゆうめい
有名
有名

類 **こうめい** 高名
反 **むめい** 無名

> 兄がこれほど有名な建築家になるとは思いませんでした。

沒想到哥哥會成為這麼有名的建築師。

1 名 ナ形

ゆうり
有利
有利

> 状況は私達に有利に展開しています。

狀況對我方有利地進行著。

0 名 ナ形

ゆうりょう
優良
優良

> 我社は地球に優しい優良企業として表彰されました。

我們公司以環保優良企業身分被表揚。

よ ヨ
MP3-018

0 名 ナ形

ようい
容易
容易

類 **かんたん** 簡単・**たやす** 容易い・**やさ** 易しい
反 **こんなん** 困難

> この任務を達成するのは容易なことではありません。

要達成這份任務不是容易的事。

> 日本語は漢字があるので、勉強するには英語より容易です。

因為日語有漢字，所以在學習上比英語容易。

0 名 他サ

ようきゅう
要求
要求、需要

> できるだけお客様の要求を満足させられるように努力しています。

一直努力盡其所能地滿足客人的要求。

❶ 名

洋酒
ようしゅ
洋酒
反 日本酒
にほんしゅ

▶ 洋酒にはウイスキーやブランデー、ワイン、ビールなどがあります。
ようしゅ　　　　　　　　　　　　　　　　　ぶ　ら　ん　で　　　　わ　い　ん
び　　　る

洋酒有威士忌或是白蘭地、葡萄酒、啤酒等。

---

❶ 名 自サ

用心
ようじん
小心、謹慎、注意
類 注意・謹慎
ちゅうい　きんしん

▶ 電車の中ではスリに用心したほうがいいですよ。
でんしゃ　なか　　　　す　り　　ようじん

在電車內小心扒手比較好喔！

▶ 内田さんはとても用心深い人です。
うち だ　　　　　　　　　　ようじんぶか　ひと

內田先生是非常謹慎的人。

---

❶ 名 他サ

養成
ようせい
養成
類 育成
いくせい

▶ 日本語教師になるために、日本語教師養成講座に参加します。
に ほん ご きょう し　　　　　　　　　に ほん ご きょう し ようせいこう ざ
さん か

為了當日語老師，所以參加日語教師養成講座。

---

❶ 名

用途
よう　と
用途
類 使途
し　と

▶ 小麦粉の用途は実に広いです。
こ むぎ こ　　ようと　じつ　ひろ

麵粉的用途真的很廣。

---

❶ 名

養分
よう　ぶん
養分
類 栄養
えいよう

▶ 養分が足りないためか、花壇の花が枯れてしまいました。
ようぶん　た　　　　　　　　　か だん　はな　か

不知是不是養分不夠，花圃的花枯萎了。

---

❸ 名

用量
ようりょう
用量

▶ 1回の用量はどのくらいですか。
いっかい　ようりょう

一次用量大約多少呢？

0 名

養老
<ruby>養<rt>よう</rt></ruby><ruby>老<rt>ろう</rt></ruby>

養老

> <ruby>養<rt>よう</rt></ruby><ruby>老<rt>ろう</rt></ruby><ruby>保<rt>ほ</rt></ruby><ruby>険<rt>けん</rt></ruby>というのを<ruby>聞<rt>き</rt></ruby>いたことがありますか。
>
> 你聽說過養老保險嗎？

0 名 他サ

予感
<ruby>予<rt>よ</rt></ruby><ruby>感<rt>かん</rt></ruby>

預感

> <ruby>今<rt>こん</rt></ruby><ruby>度<rt>ど</rt></ruby>こそ<ruby>優<rt>ゆう</rt></ruby><ruby>勝<rt>しょう</rt></ruby>できる<ruby>予<rt>よ</rt></ruby><ruby>感<rt>かん</rt></ruby>がします。
>
> 我有預感這次一定能贏。

> なんだかいやな<ruby>予<rt>よ</rt></ruby><ruby>感<rt>かん</rt></ruby>がします。
>
> 總覺得有不祥的預感。

PART 2 很像台語的日語

らラ行 | らラ・りリ

MP3-019

0 名 他サ

乱射
<ruby>乱<rt>らん</rt></ruby><ruby>射<rt>しゃ</rt></ruby>

亂射

> <ruby>亜<rt>あ</rt></ruby><ruby>米<rt>め</rt></ruby><ruby>利<rt>り</rt></ruby><ruby>加<rt>か</rt></ruby>のピストル<ruby>乱<rt>らん</rt></ruby><ruby>射<rt>しゃ</rt></ruby><ruby>事<rt>じ</rt></ruby><ruby>件<rt>けん</rt></ruby>で、<ruby>日<rt>に</rt></ruby><ruby>本<rt>ほん</rt></ruby><ruby>人<rt>じん</rt></ruby>が１<ruby>人<rt>ひとり</rt></ruby><ruby>亡<rt>な</rt></ruby>くなったそうです。
>
> 聽說美國的持槍亂射事件裡，有一位日本人身亡。

1 名

利益
<ruby>利<rt>り</rt></ruby><ruby>益<rt>えき</rt></ruby>

利益

類 <ruby>収<rt>しゅう</rt></ruby><ruby>益<rt>えき</rt></ruby>・<ruby>利<rt>り</rt></ruby><ruby>潤<rt>じゅん</rt></ruby>
反 <ruby>損<rt>そん</rt></ruby><ruby>害<rt>がい</rt></ruby>・<ruby>欠<rt>けっ</rt></ruby><ruby>損<rt>そん</rt></ruby>

> <ruby>景<rt>けい</rt></ruby><ruby>気<rt>き</rt></ruby>の<ruby>不<rt>ふ</rt></ruby><ruby>況<rt>きょう</rt></ruby>で<ruby>利<rt>り</rt></ruby><ruby>益<rt>えき</rt></ruby>がまったく<ruby>上<rt>あ</rt></ruby>がらず、<ruby>大<rt>たい</rt></ruby><ruby>変<rt>へん</rt></ruby>です。
>
> 因為經濟不景氣完全沒有獲利，很慘！

1 名 他

離縁
<ruby>離<rt>り</rt></ruby><ruby>縁<rt>えん</rt></ruby>

離婚、斷絕關係

類 <ruby>縁<rt>えん</rt></ruby><ruby>切<rt>き</rt></ruby>り・<ruby>絶<rt>ぜつ</rt></ruby><ruby>縁<rt>えん</rt></ruby>・<ruby>離<rt>り</rt></ruby><ruby>婚<rt>こん</rt></ruby>
反 <ruby>縁<rt>えん</rt></ruby><ruby>結<rt>むす</rt></ruby>び

> <ruby>数<rt>すう</rt></ruby><ruby>年<rt>ねん</rt></ruby><ruby>前<rt>まえ</rt></ruby>に<ruby>離<rt>り</rt></ruby><ruby>縁<rt>えん</rt></ruby>した<ruby>妻<rt>つま</rt></ruby>が<ruby>亡<rt>な</rt></ruby>くなったという<ruby>知<rt>し</rt></ruby>らせを<ruby>受<rt>う</rt></ruby>けました。
>
> 接到了數年前離婚妻子過世的消息。

① 名 他サ

り かい
理解
理解

- ▶ 先生の言うことがいつも理解できません。
  總是無法理解老師說的話。

- ▶ 小室さんは理解のある人だと思います。
  我覺得小室先生是明事理的人。

⓪ 名

り そう
理想
理想

類 夢
反 現実

- ▶ 山口さんは理想のタイプの人です。
  山口小姐是理想的對象。

- ▶ 皆それぞれ、自分の理想があります。
  大家有各自的理想。

⓪ 名

り ゆう
理由
理由

類 事情・事由・故

- ▶ 最近は特に理由もなく、両親と喧嘩になります。
  最近也沒特別的理由，就是和父母吵架。

- ▶ 彼女のことが理由もなく好きです。
  也沒有理由，就是喜歡她。

① 名

りょう
量
量

- ▶ 用意した量が足りなくて、困っています。
  因準備的量不夠，正在傷腦筋。

- ▶ 砂糖はお好みで適当な量を入れてください。
  糖請依自己的喜好放入適當的量。

- ▶ 今、ダイエット中ですから、ご飯の量を減らしてください。
  現在正在減肥，所以請減少飯的量。

⓪名 他サ

りょうかい
了解
諒解、了解
類 りょうしょう
了承

▶ まずは家族の了解を得なければなりません。
首先必須得到家人的了解。

①名

りょうしん
良心
良心

▶ 何事も良心に従ってやるべきです。
凡事應該憑良心做事。

⓪名

りんじ
臨時
臨時

▶ この時季は臨時列車が出ています。
這個季節有加班車。

るル・れレ・ろロ

MP3-019

⓪名 自サ

るろう
流浪
流浪
類 ひょうはく ほうろう
漂泊・放浪

▶ いつか自由気ままに、流浪の旅をしてみたいです。
希望什麼時候可以自由隨興地來個流浪之旅看看。

⓪名

れい
礼
道謝

▶ どうしても先生にお礼を言いたくて……。
無論如何也想要向老師道謝……。

0 名

れい がい
例外
例外

▶ 例外は1つもありません。

無一例外。

---

0 名

れい かん
霊感
靈感

類 インスピレーション

▶ 突如、霊感が働きました。

突然，靈感源源不絕。

---

0 名

れい すい
冷水
冷水

類 冷や水
反 温水

▶ 冷水を浴びたので風邪をひいてしまいました。

因為洗冷水澡，所以感冒了。

---

0 名 ナ形

れい せい
冷静
冷靜

類 沈着

▶ 1晩、冷静に考えさせてください。

請讓我冷靜地考慮一晚。

---

0 名

れい せん
冷戦
冷戰

▶ 主人と喧嘩したので、今は冷戦中です。

因為和老公吵架，所以現在冷戰中。

---

0 名

れい ふく
礼服
禮服

類 礼装
反 平服

▶ 日本では黒の礼服は必需品です。

在日本，黑色的禮服是必需品。

⓪名

れき し
歴史
歴史

> わたし いちばん す かもく れき し
> 私が一番好きな科目は歴史です。

我最喜歡的科目是歷史。

> てら れき し
> このお寺は歴史があります。

這間寺廟歷史悠久。

❶⓪名・他サ

ろう ひ
浪費
浪費

らん び む だづか
類 乱費・無駄遣い

> き ちょう じ かん ろう ひ
> 貴重な時間を浪費してはいけません。

不可以浪費寶貴的時間。

日本慣用語
急轉彎

おに くび と
鬼の首を取ったよう
就像把鬼怪的頭拿下來了！？這是什麼意思呢？

① 有膽識的人　　② 如獲至寶　　③ 嚇破膽

答案：②

| PART 3 |

容易誤解的日語

❶ 名

あいじん
愛人
情夫、情婦、愛人

▶ しゅじん あいじん つく いえ で い
主人は愛人を作り、家を出て行きました。
老公有了情婦，離家出走了。

❸ 名

あいきょう
愛嬌
親切、好感、可愛
類 あいそ
愛想

▶ なか の びじん あいきょう
中野さんは美人だし、愛嬌もあります。
中野小姐人又美又親切。

❸ 名

あいそう
愛想
親切、好意、招待
同 あいそ
愛想
類 あいきょう
愛嬌

▶ せんせい ぶ あいそう がくせい にんき
あの先生は無愛想なので、学生に人気がありま
せん。
那位老師不親切，所以不受學生歡迎。

▶ いのうえ だれ あいそう
井上さんは誰にでも愛想がいいです。
井上小姐對誰都很親切。

1-0 連語

あと まつり
後の祭
已經來不及、馬後砲

▶ いまごろ き あと まつり
今頃来ても後の祭です。
即使現在來，也來不及了。

❷ 名

あな
穴
虧損、洞、穴

▶ あな う
すぐ穴を埋めないといけません。
必須馬上填補虧損。

▶ あな はい
穴があったら入りたいくらいです。
有洞的話，幾乎想鑽進去。（形容羞愧得無地自容）

②名

<ruby>粗<rt>あら</rt></ruby>

毛病、沒剔淨的魚骨、
缺點

類 <ruby>瑕<rt>きず</rt></ruby>・<ruby>弱点<rt>じゃくてん</rt></ruby>

▶ <ruby>社長<rt>しゃちょう</rt></ruby>は<ruby>人<rt>ひと</rt></ruby>の<ruby>粗<rt>あら</rt></ruby>を<ruby>探<rt>さが</rt></ruby>すのが<ruby>好<rt>す</rt></ruby>きです。

社長喜歡挑人毛病。

⓪名他サ

<ruby>暗算<rt>あん ざん</rt></ruby>

心算

▶ <ruby>辻<rt>つじ</rt></ruby>さんの<ruby>暗算<rt>あんざん</rt></ruby>は<ruby>電卓<rt>でんたく</rt></ruby>より<ruby>速<rt>はや</rt></ruby>いです。

辻先生的心算比計算機還快。

⓪名ナ形

<ruby>安静<rt>あん せい</rt></ruby>

靜養

▶ <ruby>風邪<rt>かぜ</rt></ruby>を<ruby>引<rt>ひ</rt></ruby>いた<ruby>時<rt>とき</rt></ruby>は<ruby>安静<rt>あんせい</rt></ruby>にしているのが<ruby>一番<rt>いちばん</rt></ruby>です。

感冒的時候，靜養是最好的。

いイ

MP3-020

②名

<ruby>生花<rt>いけ ばな</rt></ruby>

插花

類 <ruby>華道<rt>か どう</rt></ruby>

▶ <ruby>日本<rt>に ほん</rt></ruby>に<ruby>留学<rt>りゅうがく</rt></ruby>している<ruby>間<rt>あいだ</rt></ruby>に、<ruby>生花<rt>いけばな</rt></ruby>を<ruby>習<rt>なら</rt></ruby>いました。

在日本留學期間，有學插花。

③名

<ruby>石頭<rt>いし あたま</rt></ruby>

頑固、死腦筋

類 <ruby>頑固<rt>がん こ</rt></ruby>

▶ <ruby>父<rt>ちち</rt></ruby>は<ruby>石頭<rt>いしあたま</rt></ruby>だから、<ruby>説得<rt>せっとく</rt></ruby>するのはとても<ruby>無理<rt>む り</rt></ruby>です。

爸爸很頑固，要說服他非常困難。

❶ 名 ナ形 自他サ

いたずら
悪戯
惡作劇、淘氣

▶ 最近、悪戯電話がよくかかってきます。

最近常有惡作劇的電話打來。

---

❷ 名 ナ形

いちず
一途
專心、一味
類 只管・直向

▶ 彼は一途に彼女のことを想っています。

他一味地想著她的事。

---

❷ 名

いちみ
一味
一夥
類 徒党

▶ 容疑者一味はみな逮捕されました。

嫌疑犯同夥全被逮捕了。

---

❶ 副

いっこう
一向
完全、一直、一點也
類 まったく

▶ 藤田さんからは一向に連絡がありません。

藤田小姐一直沒跟我聯絡。

▶ なんと言われても、気持ちは一向に変わりません。

不管被說什麼，心意完全不變。

---

❶ 名 副

いったい
一体
到底、一般而言
類 概して・総じて・
そもそも

▶ この料理は一体どうやって作りましたか。

這道菜到底是怎麼做出來的呢？

▶ 一体どうするつもりですか。

到底打算怎麼樣？

0 名

いなずま
稲妻
閃電

▶ 学生時代は稲妻のように過ぎ去りました。

學生時代如閃電般過去了。

0 名 自他サ

いらい
依頼
委託、依賴

▶ 人に依頼しないで、自分でやりなさい。

不要依賴別人，自己做！

▶ 留学の手続きを友人に依頼しました。

託朋友辦留學的手續了。

うウ

MP3-020

1 名

うそ
嘘
謊言

類 **法螺・偽り・出鱈目・空言**
反 **本当・真・誠**

▶ 大竹さんはよく嘘を付くから、彼の話はあまり信じないほうがいいです。

大竹先生常說謊，所以不要太相信他的話比較好。

▶ 「嘘から出た真」（ことわざ）

「弄假成真」（諺語）

3 他五

うらぎ
裏切る
背叛

類 **叛く**

▶ 親友に裏切られ、落ち込んでいます。

被好朋友背叛，心情低落。

4 名 ナ形

うわ そら
上の空
心不在焉

▶ 先生の話を上の空で聞いていたので、さっぱり分からなくなってしまいました。

心不在焉地聽著老師的話，所以完全不懂。

⓪ 名 自他サ

うんてん
運転
開車、運轉、運用
類 **うんよう**
運用

▶ お酒を飲んだら、運転してはいけません。
喝了酒，就不可以開車。

▶ 飲酒運転はとても危険です。
喝酒開車是非常危險的。

▶ 会社を経営するなら、資金を巧みに運転するのが大事です。
要經營公司的話，靈活運用資金是很重要的。

MP3-020

えエ

❷ 名 ナ形

えて
得手
拿手、得意
類 **とくい**
得意
反 **ふえて・にがて**
不得手・苦手

▶ 人には得手不得手があります。
人有擅長與不擅長的地方。

⓪ 名

えび
海老
蝦
同 **えび・エビ**
蝦・エビ

▶ 「海老で鯛を釣る」（ことわざ）
「以小換大、拋磚引玉」（諺語）

⓪ 名

えもの
獲物
戰利品、獵物

▶ 今日は獲物がたくさん獲れました。
今天捕獲了很多獵物。

⓪ 名

えんぎ
縁起
預兆、緣起、由來

▶ <ruby>縁<rt>えん</rt></ruby><ruby>起<rt>ぎ</rt></ruby>でもないことを<ruby>言<rt>い</rt></ruby>わないでください。

請別說些不吉祥的話。

---

① 名

えんこ
縁故
親戚關係

▶ <ruby>両<rt>りょう</rt></ruby><ruby>親<rt>しん</rt></ruby>の<ruby>縁<rt>えん</rt></ruby><ruby>故<rt>こ</rt></ruby>でこの<ruby>会<rt>かい</rt></ruby><ruby>社<rt>しゃ</rt></ruby>に<ruby>入<rt>はい</rt></ruby>りました。

因父母的關係而進了這家公司。

⓪ 名 他サ

えんしゅつ
演出
導演、監製、演出

類 <ruby>監<rt>かん</rt></ruby><ruby>督<rt>とく</rt></ruby>

▶ <ruby>学<rt>がっ</rt></ruby><ruby>校<rt>こう</rt></ruby>の<ruby>ク<rt>く</rt></ruby><ruby>ラ<rt>ら</rt></ruby><ruby>ブ<rt>ぶ</rt></ruby><ruby>活<rt>かつ</rt></ruby><ruby>動<rt>どう</rt></ruby>で<ruby>劇<rt>げき</rt></ruby>を<ruby>演<rt>えん</rt></ruby><ruby>出<rt>しゅつ</rt></ruby>しました。

在學校的社團活動演出了戲劇。

⓪ 名

えんだん
縁談
婚約

▶ <ruby>宮<rt>みや</rt></ruby><ruby>沢<rt>ざわ</rt></ruby>さんが<ruby>突<rt>とつ</rt></ruby><ruby>然<rt>ぜん</rt></ruby><ruby>激<rt>はげ</rt></ruby>しく<ruby>痩<rt>や</rt></ruby>せたのは、<ruby>縁<rt>えん</rt></ruby><ruby>談<rt>だん</rt></ruby>を<ruby>取<rt>と</rt></ruby>り<ruby>消<rt>け</rt></ruby>されたからだそうです。

宮沢小姐突然暴瘦，聽說是因為被取消婚約的關係。

おオ

MP3-020

⓪ 名 他サ

おうりょう
横領
侵占、侵吞

類 <ruby>猫<rt>ねこ</rt></ruby><ruby>糞<rt>ばば</rt></ruby>

▶ <ruby>赤<rt>あか</rt></ruby><ruby>木<rt>ぎ</rt></ruby>さんは<ruby>会<rt>かい</rt></ruby><ruby>社<rt>しゃ</rt></ruby>の<ruby>公<rt>こう</rt></ruby><ruby>金<rt>きん</rt></ruby>を<ruby>横<rt>おう</rt></ruby><ruby>領<rt>りょう</rt></ruby>して、<ruby>逮<rt>たい</rt></ruby><ruby>捕<rt>ほ</rt></ruby>されました。

赤木小姐侵占公司的公款而被捕了。

0 名 副

おおかた
大方
大家、大約、一般

類 大抵・大半・大体・
ほとんど・およそ

▶ 旅行の準備は大方できました。

旅行的準備差不多完成了。

---

0 名 ナ形

おおがら
大柄
魁梧

反 小柄

▶ ボディガードを雇うなら、やはり大柄で丈夫な人のほうがいいです。

雇用保鏢的話，還是要魁梧且強壯的人比較好。

---

0 名 ナ形

おおげさ
大袈裟
誇張

類 オーバー

▶ 吉野さんはいつも大袈裟に言うから、気にしないで下さい。

吉野先生説話總是很誇張，所以請不要放心上。

---

3 名

おおぜい
大勢
眾人

▶ 大勢の前で話すのはとても恥ずかしいです。

在眾人面前說話會非常不好意思。

▶ 火事の現場には野次馬が大勢いて、消防の邪魔です。

在火災現場看熱鬧的人很多，妨礙救火。

---

1 名

おおて
大手
大公司

▶ 和久井さんは大手の出版社に勤めていて、毎日とても忙しそうです。

和久井先生在大出版公司上班，每天好像非常忙碌。

❸ 名

おおみそか
大晦日
除夕

▶ 大晦日には家族が集まり、一緒に過ごします。

除夕家族全家團聚，一起度過。

❶ 名

おおや
大家
房東

類 家主

▶ 大家さんが、滞納している３ヶ月分の家賃を取りに来ました。

房東來收取拖欠三個月份的房租了。

❷ 名

おかみ
女将
老婆、老闆娘

類 マダム・ママ

▶ 同級生が旅館の経営者と結婚し、女将になりました。

同學和旅館經營者結婚，成了老闆娘。

❸ 名 ナ形

おっくう
億劫
懶得做、不起勁

類 不精・物臭

▶ やり直すのは億劫です。

懶得重做。

▶ 雨が降ると出掛けるのが億劫になります。

一下雨就會變得懶得出門。

❶ 名

てんきや
お天気屋
喜怒無常的人

▶ 彼女はお天気屋なので、いっしょにいると疲れます。

她是喜怒無常的人，所以在一起就覺得累。

❶ 名

おはこ
十八番
拿手好戲、老毛病

同 お箱

▶ この歌は私の十八番です。

這首歌是我的拿手歌。

0 名 男

ふくろ
お袋
母親
反 親父(おやじ)

▶ この料理(りょうり)はお袋(ふくろ)の味(あじ)がします。

這道菜有媽媽的味道。

---

1 名

おや ぶん
親分
乾爹、乾媽、首領
類 ボス(ぼす)・頭(かしら)・親玉(おやだま)

▶ 彼(かれ)はやくざの親分(おやぶん)だそうです。

聽説他是黑社會的老大。

---

0 名 他サ

おん ぞん
温存
保存、保持

▶ 現行制度(げんこうせいど)を温存(おんぞん)したほうがいいと思(おも)います。

我認為保持現行的制度比較好。

かカ行｜かカ

---

0 名 自他サ

かいぎょう
改行
文書上的換行

▶ この文字(もじ)から改行(かいぎょう)してください。

請從這個字開始換行。

---

0 名

かい けい
会計
結帳、會計
類 勘定(かんじょう)・経理(けいり)

▶ お会計(かいけい)をお願(ねが)いします。

麻煩結帳。

▶ 姉(あね)は会社(かいしゃ)で会計(かいけい)を担当(たんとう)しています。

姊姊在公司是擔任會計。

がいじん
外人
外國人
類 異人 (いじん)

▶ 若(わか)い時(とき)はよく外人(がいじん)に声(こえ)をかけられました。
年輕的時候常被外國人搭訕。

▶ 台湾(たいわん)の英会話塾(えいかいわじゅく)では外人教師(がいじんきょうし)をよく見(み)かけます。
在台灣的英語會話補習班常常看到外籍老師。

かいだん
階段
樓梯

▶ 階段(かいだん)を踏(ふ)み外(はず)し、膝(ひざ)のところにあざができてしまいました。
在樓梯踩空跌倒，膝蓋地方瘀青了。

かいぶつ
怪物
怪人、妖怪
類 化(ば)け物(もの)・モンスター

▶ 彼(かれ)は政界(せいかい)の怪物(かいぶつ)と言(い)われています。
他被稱為政壇怪人。

かおいろ
顔色
臉色、眼色、氣色

▶ その知(し)らせを聞(き)いて、顔色(かおいろ)が変(か)わりました。
聽到那個消息，臉色變了。

かきとめ
書留
掛號（郵件）

▶ 母(はは)へのプレゼント(ぷれぜんと)は、昨日(きのう)書留(かきとめ)で出(だ)しました。
要給媽媽的禮物，昨天用掛號信寄出去了。

かくご
覚悟
心理準備、決心、覺悟
類 心構(こころがま)え

▶ 両親(りょうしん)に叱(しか)られる覚悟(かくご)はできています。
有被爸媽罵的心理準備。

▶ 覚悟(かくご)を決(き)めて、何事(なにごと)があっても最後(さいご)まで頑張(がんば)ります。
下定決心，不論發生什麼事，要努力到最後。

❷ 名

かくしき
格式

排場、禮節、地位、
資格

▶ 日本は格式を重んじる民族です。

日本是注重禮節的民族。

---

❷ 名

がくちょう
学長

大學校長

類 そうちょう
総長

▶ 学長が替わったので、さまざまな制度にも影響
するでしょう。

因為大學校長換了，所以也會影響到種種制度吧！

---

❷ 名 自サ

かそう
仮装

假扮、化妝、偽裝

類 へんそう
変装

▶ 今度のパーティーは、参加者はみな仮装するこ
とになっています。

這次的宴會，決定所有參加者都要變裝。

---

❶ 名

かぞく
家族

家人

類 ファミリー・一家

▶ 今度の温泉旅行は家族揃って行きます。

這次溫泉之旅是全家人一起去的。

---

❷ 名

かたぶつ
堅物

耿直的人

▶ 藤本さんは堅物で融通のきかない人です。

藤本先生是耿直、不知變通的人。

---

❷ 名

かっこう
恰好

外表、打扮、樣子、
姿態

同 かっこう
格好

▶ こんな恰好ではパーティーに出られないので、
着替えに行ってきます。

這樣的打扮無法參加宴會，所以去換衣服再來。

⓪ 名 ナ形

勝手（かって）
隨便、廚房、擅自、
自私、任性、情況、
方便、生活

▶ 信じるかどうかは、あなたの勝手（かって）です。
信不信，隨便你！

▶ 買うかどうかは、あなたの勝手（かって）です。
買不買，隨便你！

▶ 行くかどうかは、あなたの勝手（かって）です。
去不去，隨便你！

⓪ 名

株（かぶ）
股票、地位、株

▶ 株を買うお金なんてある訳がないでしょう。
買股票的錢什麼的，怎麼可能有啊！

① 名 他サ

我慢（がまん）
忍耐、原諒
類 辛抱（しんぼう）・忍耐（にんたい）

▶ これ以上はもう我慢できません。
已經無法再忍耐下去了。

⓪ 名

柄（がら）
花樣、體格、人品、
身分、資格

▶ この洋服の柄は派手すぎて、あなたにはふさわしくありません。
這件洋裝的花樣太花俏了，不適合你。

⓪ 名

下流（かりゅう）
下游、下層（社會）
類 川下（かわしも）
反 上流（じょうりゅう）

▶ 下流にはダムがあるそうです。
聽說下游有水壩。

①名他サ

かん か
看過
忽視、看漏、寬恕

▶ 地球温暖化は看過できない問題です。

地球暖化是不容忽視的問題。

---

① ①名他サ

かん き
換気
通風換氣

▶ 時々窓を開けて、換気してください。

請偶爾開開窗，通通風。

---

①名他サ

かん とく
監督
導演、領隊、教練、
監督

▶ 私は大学院の時、試験監督をやったことがあります。

我在研究所的時候，曾經當過監考員。

---

①名他サ

かんびょう
看病
護理、看護
類 **看護・介抱**

▶ 母は付きっ切りでおばあちゃんを看病しています。

母親寸步不離地照顧著奶奶。

---

①名他サ

かん ゆう
勧誘
邀請、慫恿、勸誘

▶ 寄付を勧誘するのは大変だと分かっていますが、頑張ります。

我知道勸募很辛苦，但我會努力的。

---

①名

かん れき
還暦
六十歲

▶ 父は今年で還暦を迎えます。

爸爸今年要六十歲了。

❷名

気球
き きゅう

熱氣球、氣球

▶ まだ気球に乗ったことはありません。

還沒坐過熱氣球。

---

❶名

記事
き じ

消息、新聞

▶ そのことは雑誌の記事を見て知っていました。

那件事是看雜誌的報導得知的。

▶ 今日のトップ記事は何ですか。

今天的頭條新聞是什麼呢？

---

❷名

気質
き しつ

風格、性情

類 気質・気性・気風・気立て・性向
かたぎ きしょう きふう
きだ せいこう

▶ 父はかつて職人気質の人でした。

父親曾經有著工匠人的脾氣。

---

❷名

汽車
き しゃ

火車

▶ 阿里山の汽車に乗って、桜を見ました。

搭乘阿里山的火車，賞了櫻花。

---

❷名

気色
き しょく

感覺、神色、心情

類 顔色
かおいろ

▶ 蛇を飼うなんて、気色が悪くて嫌です。

養蛇什麼的，感覺好噁心而且很討厭。

---

❷名

切手
きって

郵票

▶ 小さい頃は、切手集めが趣味でした。

小時候，嗜好是收集郵票。

PART 3 容易誤解的日語

❶名

気分
きぶん
身體狀況、心情、
性質、氣氛
類 **機嫌**
きげん

▶ 今日はどうしても勉強する気分になりません。
今天怎麼也提不起勁唸書。

▶ 今日は気分が優れないので、ずっと横になった
ままでした。
今天身體不太舒服，所以一直躺著。

---

❷名

気味
きみ
覺得有點、樣子、
心情

▶ 最近食べすぎで、太り気味です。
最近吃太多，覺得有點發胖。

▶ 今日はちょっと風邪気味なので、早目に寝よう
と思っています。
今天有點像要感冒的樣子，所以想要早點睡。

---

❶名自サ

求人
きゅうじん
徵人
類 **求職**
きゅうしょく

▶ この頃は求人情報サイトを利用して、仕事を探
す人が増えています。
現在利用求職資訊網站找工作的人增加了。

---

❶名

急須
きゅうす
茶壺

▶ 烏龍茶の茶葉を急須に入れて、お湯を注いでく
ださい。
請將烏龍茶的茶葉放進茶壺裡，再注入熱水。

---

❶名他サ

給与
きゅうよ
薪水、供應

▶ 会社はもう２ヶ月もの間、給与を支給していま
せん。
公司已經二個月沒發薪水了。

❶ 名

きゅうよう
急用
急事

▶ 急用ができたので、一緒にカラオケに行けなくなりました。

有急事，所以不能一起去卡拉 OK 了。

▶ 急用で会社を休みました。

因有急事，向公司請假了。

❶❶ 名

ぎょうじ
行事
例行活動

▶ この学校には様々な学校行事があるそうです。

聽說這個學校有各式各樣的學校例行活動。

❶ 名 ナ形 自サ

きょうしゅく
恐縮
惶恐、對不起、慚愧

▶ お褒めいただき恐縮です。

承蒙讚揚，非常惶恐。

❶ 名 自サ

ぎょうてん
仰天
非常吃驚

類 魂消る・驚倒

▶ その値段を見て仰天しました。

看到那個價格，嚇了一大跳。

❶ 名 自サ

きんしん
謹慎
禁閉、禁足、謹慎

▶ カンニングが見付かって、自宅謹慎処分を受けました。

作弊被抓，受到了禁止外出的處分。

苦情 くじょう ⓪名
抱怨

▶ 友達に苦情を言っても、始まりません。

即使對朋友抱怨，也沒有用。

曲者 くせもの ⓪名
不好對付、壞人、
怪人

▶ 相手は相当な曲者だから、油断は大敵です。

對方相當不好對付，所以不可掉以輕心。

愚痴 ぐち ⓪名
牢騷、怨言

▶ 大山さんは会うといつも愚痴をこぼすので、嫌がられています。

由於大山小姐一見面，總是發牢騷，所以惹人厭。

靴下 くつした ②④名
襪子

▶ 靴下はナイロンより木綿のほうがいいですよ。

襪子棉的比尼龍的好喔！

首 くび ⓪名
開除、飯碗、
脖子、頭

▶ 弟は大きなミスを犯したので、首になってしまいました。

由於弟弟犯了很大的錯，所以被開除了。

首輪 くびわ ⓪名
項鍊、項圈

▶ あの犬は首輪をつけているから、飼い主がいるはずです。

那隻狗戴著項圈，所以應該有飼主。

0 名 他サ

くふう
工夫
竅門、想法子、
籌劃、下功夫

> 日本語が上手になるように、いろいろ工夫しました。
>
> 為了學好日語，下了很多功夫。

3 名

くるまいす
車椅子
輪椅

> 先月骨折してしまい、今は車椅子の生活です。
>
> 上個月骨折，所以現在過著坐輪椅的生活。

けケ

MP3-021

0 名 他サ

けいたい
携帯
手機、攜帶
同 ケイタイ・
携帯電話

> 携帯が普及し、最近は子供までもがみな持っています。
>
> 手機普及後，最近連小孩也通通都有。

> このパソコンは小型なので、携帯するのにとても便利です。
>
> 這台電腦很小，所以攜帶非常方便。

1 名 他サ

けいり
経理
會計、出納

> 会社の経理を担当しています。
>
> 擔任公司的會計。

2 名 自サ

けが
怪我
受傷、過失
類 負傷・傷

> 「怪我の功名」（ことわざ）
>
> 「歪打正著」（諺語）

> 半年前にした怪我は傷口がひどくて、なかなか治りません。
>
> 半年前受的傷，傷口很嚴重，怎麼都好不了。

PART 3 容易誤解的日語

❹ ❶ 名 副

けっきょく
結局
結果、結局
類 とうとう

▶ 結局、誰もパーティーには参加しませんでした。
結果，誰也沒來參加宴會。

❶ ❶ ❸ ナ形 副

けっこう
結構
不用、很好、可以、
相當

▶ もう結構です。
已經不用了。

▶ 結構な物をいただき、有難うございました。
很謝謝你送我這麼好的東西。

❶ 名

げっしゃ
月謝
學費（月付）

▶ 明日は塾の月謝を払わなければならない日です。
明天是非交補習月費不可的日子。

❶ 名 自他サ

けっそく
結束
團結

▶ ちゃんと結束しないと、勝つことは不可能です。
不好好地團結的話，絕對不可能贏。

❶ 名 ナ形

けっぱく
潔白
清白、無辜、廉潔、
純潔、潔白

▶ 今更身の潔白を証明するのは無理です。
事到如今，要證明自己的清白很難。

❷ 名 ナ形

げ ひん
下品
下流
類 粗野・品が悪い
反 上品

▶ 下品な冗談をやめなさい。
別開下流的玩笑。

❶ 名 自サ

げ らく
下落
下跌、降級、低落

▶ 物価がかなり下落しました。
物價跌得不少。

❶ 名 自サ

けん か
喧嘩
吵架、打架、互毆、
吵鬧

▶ 他人の夫婦喧嘩には口出ししないほう
がいいです。
別人夫妻吵架最好別插嘴。

▶ 彼氏とちょっとしたことで喧嘩することがよく
あります。
常常會為了一點小事就和男朋友吵架。

❶ 名

げん か
原価
成本、進貨價格、生產費
同 **げん か** 元価
類 **せいさん ひ** 生産費

▶ まず原価を計算してから決定しましょう。
先計算成本後再決定吧！

❶ 名 他サ

けん きょ
検挙
拘捕

▶ 元大統領は賄賂の容疑で検挙されました。
前總統因涉嫌賄賂而被拘捕了。

❶ 名 ナ形

げんじゅう
厳重
嚴格、嚴厲
類 **きび** 厳しい

▶ 来月から交通違反を厳重に取り締まるそうです。
聽說從下個月開始，會嚴格取締交通違規。

▶ 大統領が来るため、周囲は厳重な警備を行って
います。
由於總統要來，所以周圍戒備森嚴。

PART 3 容易誤解的日語

0 名 他サ

げんぞう
現像
沖洗相片

▶ しゃしん げんぞう き
写真を現像して来ました。
沖洗好相片回來了。

1 名

こういってん
紅一点
唯一的女性

▶ やました こういってん
山下さんはうちのクラスの紅一点です。
山下同學是我們班上唯一的女生。

3 名 他サ

こうぎ
講義
課、講課

▶ こうぎ いねむ
この講義はつまらないので、いつも居眠りして
しまいます。
這堂課很無聊，所以總是在打瞌睡。

▶ ごご こうぎ せんせい しゅっせき と さぼ
午後の講義は先生が出席を取るから、サボれま
せん。
下午的課老師會點名，所以不能蹺課。

▶ はやお こうぎ い きゅうこう
早起きして講義に行ったら、休講でした。
早起去上課，卻停課。

0 名 自サ

こうさく
工作
工程、勞作課、
活動、工作

▶ むすこ こうさく じゅぎょう ゆびき
息子は工作の授業のとき、指を切ってしまった
そうです。
聽說兒子勞作課時，切到了手指。

❶❸❷名

こうさてん
交差点
十字路口

▶ 次の交差点で降ります。

在下一個十字路口下車。

▶ デパートは２番目の交差点を左に曲がると、見えますよ。

百貨公司在第二個十字路口左轉，就可以看到喔！

---

❶名 自他サ

こうたい
交代
代替、輪流

▶ 私と主人は交代で娘を送迎しています。

我和老公輪流接送女兒。

---

❶名

こうねん
後年
晚年、過了幾年

▶ この作者は後年、作品がまったく発表されていません。

這位作者晚年，完全沒發表作品。

---

❶名

こうぶつ
好物
愛吃的東西

▶ ケーキは私の大好物です。

蛋糕是我最愛吃的東西。

---

❸名

こうほしゃ
候補者
候選人

▶ 今回の候補者はたった１人しかいないそうです。

聽說這次的候選人只有一位。

---

❶名

こうらく
行楽
旅遊

▶ 行楽シーズンは高いですから、避けたほうがいいですよ。

旅遊旺季很貴，所以避開比較好喔。

⓪ 名 ナ形

小柄（こがら）

個子嬌小、碎花紋

反 **大柄（おおがら）**

▶ 高桑（たかくわ）さんは小柄（こがら）ですが、力（ちから）がとてもあります。
高桑小姐個子雖然嬌小，但是很有力氣。

---

❶ 名 他サ

告訴（こくそ）

起訴、控訴

▶ 損害賠償（そんがいばいしょう）を求（もと）めて、告訴（こくそ）することにしました。
決定提出告訴，要求損害賠償。

⓪ 名

心地（ここち）

感覺、心情

▶ 座（すわ）り心地（ごこち）のいいソファーを買（か）いました。
買了坐起來很舒服的沙發。

▶ 乗（の）り心地（ごこち）がよくないので、この車（くるま）は売（う）ってしまうことにしました。
因為坐起來不舒服，所以決定要賣這台車了。

---

❸❹ 名

心得（こころえ）

須知、規則、代理、素養

▶ バイト先（さき）で接客（せっきゃく）の心得（こころえ）を学（まな）びました。
在打工的地方學習了待客之道。

▶ 茶道（さどう）や生（い）け花（ばな）の心得（こころえ）のある女性（じょせい）を好（す）きになりました。
我愛上了（一位）有茶道和插花素養的女性。

⓪ 名

腰（こし）

彈性、姿態、腰

▶ 祖母（そぼ）はすっかり腰（こし）が曲（ま）がってしまいました。
祖母駝背得很厲害。

▶ 母（はは）の作（つく）る麺（めん）は腰（こし）が強（つよ）いことで有名（ゆうめい）です。
母親做的麵，以有嚼勁聞名。

0 名

小銭 こぜに
零錢

▶ 小銭の持ち合わせがありません。
身上沒有零錢。

▶ 小銭入れが古くなったので、買い替えようと思います。
零錢包變舊了，所以想買個新的。

1 名

骨子 こっし
要點、精髓

▶ レポートの骨子はまだ出来上がっていません。
報告的要點還沒有做出來。

2 名

小包 こづつみ
包裹

▶ ちょっと郵便局へ小包を出しに行って来ます。
去郵局寄一下包裹。

0 名

小人 こびと
身材矮小的人

▶ 「白雪姫」の物語には7人の小人が登場します。
「白雪公主」的故事裡，有七個小矮人出場。

1 名

独楽 こま
陀螺

▶ 最近は独楽を回して楽しむ子供はほとんど見ません。
最近幾乎看不到打陀螺玩樂的小孩。

1 名 自サ

混雑 こんざつ
擁擠

▶ 土日になると、デパートはいつも混雑します。
一到六日，百貨公司總是很擁擠。

PART 3 容易誤解的日語

❸❶名 他サ

細工 さいく
耍手段、工藝
類 工作 こうさく

▶ 下手な細工をしたので、すぐ見破られてしまいました。
要了笨拙的手段，所以馬上就被識破了。

▶ あんな見事な細工物は見たことがありません。
從沒見過那樣精緻的工藝品。

❶名

祭日 さいじつ
節日、祭典

▶ 次の祭日を利用して海外旅行する予定です。
預定利用下次的節日到國外旅行。

❶名

賽銭 さいせん
香油錢

▶ 泥棒は賽銭までも盗みました。
小偷連香油錢都偷了。

❶名

最中 さいちゅう
正在～、最盛時期
同 最中 さなか

▶ 時々、仕事の最中に居眠りしてしまいます。
偶爾，在工作中打起瞌睡。

❶名 ナ形

最低 さいてい
差勁、最低
反 最高 さいこう

▶ あの人は最低な人です。
那個人是差勁的人。

▶ クラスで最低の点数でした。
是班上最低的分數。

①名他サ

さい ばん
裁判
審判、官司、訴訟
類 裁き（さば）

▶ 裁判（さいばん）の結果（けっか）は来週（らいしゅう）分（わ）かります。

判決結果下週分曉。

---

①名自サ

さ ぎょう
作業
工作、勞動
類 仕事（しごと）

▶ 作業中（さぎょうちゅう）に転（ころ）んで怪我（けが）をしました。

在工作中跌倒受傷了。

▶ 毎日（まいにち）つまらない作業（さぎょう）ばかりしています。

每天做著全是無聊的工作。

---

③名

さし み
刺身
生魚片

▶ 刺身（さしみ）は食（た）べられません。

不敢吃生魚片。

⓪名自サ

さっ とう
殺到
蜂擁而至

▶ 突然注文（とつぜんちゅうもん）が殺到（さっとう）し、今夜（こんや）は残業（ざんぎょう）しなければなりません。

訂單突然蜂擁而至，今晚必須加班。

▶ 最終処分（さいしゅうしょぶん）セール（せ）にお客（きゃく）さんが殺到（さっとう）しました。

最後清倉特賣，客人蜂擁而至。

---

①名他サ

さ べつ
差別
歧視、差別
反 平等（びょうどう）

▶ 外国人労働者（がいこくじんろうどうしゃ）を差別（さべつ）してはいけません。

不可歧視外勞。

PART 3 容易誤解的日語

①名

作法
さ ほう

規範、禮節

類 エチケット
え ち け っ と

▶ 色々な国にそれぞれ礼儀作法があります。
いろいろ　くに　　　　　　　　れい ぎ さ ほう

各國有各國的禮節。

⓪名自サ

散策
さん さく

散歩

類 散歩
さん ぽ

▶ 主人とこれから野山へ散策に出かけます。
しゅじん　　　　　　の やま　さんさく　で

接下來要和老公去山野散步。

⓪名自サ

散髪
さん ぱつ

理髪

類 理髪・調髪
り はつ ちょうはつ

▶ 主人は月に１回散髪します。
しゅじん　つき　いっかいさんぱつ

老公每個月剪一次頭髮。

▶ 午後、散髪に行く予定です。
ご ご　　さんぱつ　い　よてい

下午，打算去理髮。

⓪名自サ

自愛
じ あい

保重、自重、自私
自利

▶ くれぐれもお体をご自愛ください。
からだ　　じ あい

請多保重身體！

⓪名

事情
じ じょう

緣故、因素、情況

類 状況・理由・故
じょうきょう り ゆう ゆえ

▶ 何かやむを得ない事情があったのでしょう。
なに　　　　え　　じ じょう

一定有什麼不得已的理由吧！

---

②名

私書箱 (し しょばこ)

郵政信箱

▶ 中央郵便局私書箱３２０へ送ってください。 (ちゅうおうゆうびんきょく し しょばこさん に ゼロ おく)

請送到中央郵局郵政信箱三二〇。

②名

支配人 (し はい にん)

經理

類 マネージャー (まね じゃ)

▶ 今すぐ支配人を呼んでください。 (いま し はいにん よ)

請現在立刻叫經理！

①名他サ

始末 (し まつ)

收拾、節儉、情況、下場

▶ 後の始末は私に任せてください。 (あと しまつ わたし まか)

剩下的請交給我收拾。

⓪名他サ

自慢 (じ まん)

自誇

▶ 小泉さんはいつも自分の息子のことを自慢します。 (こいずみ じぶん むすこ じまん)

小泉先生總是以自己的兒子為傲。

②名ナ形

地味 (じ み)

樸素、保守、不起眼

反 派手 (は で)

▶ 金田さんはいつも地味な格好をしています。 (かね だ じみ かっこう)

金田小姐總是打扮得很樸素。

▶ 彼の生活はとても地味です。 (かれ せいかつ じみ)

他的生活非常樸實。

⓪名他サ

試問 (し もん)

考試

▶ この試験は口頭試問があるので、緊張します。 (しけん こうとう し もん きんちょう)

因為這個考試有口試，所以會緊張。

0 名

じゃぐち
蛇口
水龍頭

▶ 日本では、蛇口からの水が直接飲めます。
在日本，水龍頭出來的水可以直接喝。

---

0 名 ナ形 他サ

じゃま
邪魔
妨礙、打擾

▶ 村上さんはいつも私を邪魔者扱いします。
村上先生總是把我當眼中釘。

▶ よかったら、日曜日にお邪魔してもよろしいですか。
方便的話，星期日可以去拜訪您嗎？

---

0 名

しゃれ
洒落
俏皮話、打扮漂亮

▶ 今日はずいぶんお洒落ですが、デートですか。
今天打扮得很漂亮，約會嗎？

---

0 名

じゅうたい
重体
病危

同 重態

類 重傷・危篤

▶ 前田さんはトラックにぶつかり、重体だそうです。
聽說前田先生被卡車撞到，傷勢嚴重。

---

3 ナ形 副

じゅうぶん
十分
充分、十足、十分

同 充分

▶ もう十分です。
已經夠了。

▶ 時間はまだ十分あるから、急がなくてもいいです。
時間還很充裕，所以不用急沒關係。

0 名

しゅうとめ
姑

婆婆、岳母

反 しゅうと
舅

▶ よめしゅうとめかんけい なや
嫁 姑 関係に悩んでいます。

因婆媳關係而煩惱著。

---

0 ナ形

じゅうなん
柔軟

機靈、柔軟

反 きょうこう こうちょく
強硬・硬直

▶ みず なか はい まえ じゅうなんたいそう
水の中に入る前に柔軟体操をきちんとしなさい。

下水之前，請確實做柔軟體操。

▶ きゃく く れ む じゅうなん たいおう
お客のクレームには柔軟に対応しなければなり

ません。

對客人的抱怨，必須靈活地應對。

---

0 名 自他サ

しゅざい
取材

採訪

▶ しゅざい あぶ げんば い
取材のためには危ない現場へも行かなければい

けません。

為了採訪，也必須去危險的現場。

---

0 名 自他サ

しゅっさん
出産

生育、分娩

類 ぶんべん
分娩

▶ しゅっさん よ てい び らいしゅう
出産予定日は来週です。

預產期在下週。

▶ たいわん しゅっさんりつ に ほん ひく
台湾の出産率は日本より低いです。

台灣的出生率比日本低。

---

0 名

しゅっしん
出身

畢業、出生

▶ わたし しゅっしんこう
ここが私の出身校です。

這裡是我的母校。

▶ わたし とうきょうこくさいだいがく しゅっしん
私は東京国際大学の出身です。

我畢業於東京國際大學。

❶ 名 自サ

しゅっせ
出世
有出息、成就

▶ 弟が出世するのは難しいでしょう。
弟弟要有所成就很難吧！

▶ 息子はあっという間に部長にまで出世しました。
兒子一眨眼升官升到了部長。

❶ 名

しゅみ
趣味
嗜好、興趣、情趣、眼光
類 道楽

▶ 私の趣味は絵を描くことです。
我的嗜好是畫圖。

▶ 妹は服の趣味がよくないです。
妹妹對衣服的品味不好。

❶❶ 名

しょうき
正気
清醒、理智
反 狂気

▶ ショックを受けて、正気を失いました。
受到打擊而昏倒了。

▶ 正気に返ってみると、病院にいました。
當我清醒時，就在醫院了。

❶ 名

じょうご
上戸
很會喝酒的人
類 酒飲み・飲兵衛・のんだくれ
反 下戸

▶ 彼は酔うと泣き上戸になって困ります。
他一喝醉就變得愛哭，真傷腦筋。

❶ 名 文

しょうこう
小康
暫時穩定

▶ 一時重体に陥っていた息子は今、小康状態を保っています。
一度陷入病危的兒子，現在維持暫時穩定狀態。

❸ 名 ナ形

上手
じょうず

厲害、高明、
善於奉承

類 達者
たっしゃ

反 下手
へた

▶ 本当にお世辞がお上手ですね。
你真會説話呀！

▶ 飯田さんの特技は歌だけじゃなくて、踊りも上手です。
飯田小姐的專長不只是唱歌，舞蹈也很厲害。

❸ 名

冗談
じょうだん

開玩笑

▶ 冗談にも程があります。
開玩笑也要有分寸！

▶ 今は冗談を言っている場合ではありません。
現在不是開玩笑的時候！

▶ さっきのは冗談なので、真に受けないでください。
剛才只是開玩笑，請別當真！

▶ 野田さんは冗談が好きな人ですから、気にしないでください。
野田先生是喜歡開玩笑的人，所以請不要放心上。

❶ 名 自サ

衝突
しょうとつ

撞上、衝突

▶ 人と人とが付き合えば、多少は衝突するものです。
人與人交往的話，多少都會有衝突。

▶ 車が電車に衝突して、交通が麻痺状態に陥ってしまいました。
汽車撞上電車，交通陷入癱瘓狀態。

❶ 名

使用人
しようにん

傭人

▶ 使用人が突然やめてしまい、困っています。
傭人突然離職，很傷腦筋。

PART 3 容易誤解的日語

① 名 ナ形

丈夫
じょうぶ
健康、耐用、堅固

▶ 丈夫な勉強机なので、ずいぶん長持ちしています。
因為是很堅固的書桌，所以很耐用。

---

②① 名

素人
しろうと
外行、良家婦女
反 玄人（くろうと）

▶ 素人なので本物かどうか見分けがつきません。
因為是外行人，所以無法分辨是真是假。

---

① 名

人家
じんか
住家

▶ この辺りの人家はみな、土砂崩れで破壊されてしまいました。
這附近的住家，全因土石流而遭到破壞。

---

① 名 ナ形

真剣
しんけん
認真、真刀
類 本気（ほんき）

▶ 私の言うことを真剣に聞いてください。
請認真聽我説！

▶ それは私にとってとても大事なことなので、真剣に考えてください。
那對我而言是非常重要的事，所以請認真考慮。

---

① 名

信号
しんごう
紅綠燈、信號
類 合図（あいず）

▶ 信号無視で警察に捕まってしまいました。
因為闖紅燈而被警察抓了。

---

① 名 ナ形

深刻
しんこく
嚴重、深刻、嚴肅

▶ そんな深刻な顔をしないでください。
請別露出那麼嚴肅的表情。

❷ 名 自サ

しんじゅう
心中
殉情、自殺

▶ 今日（きょう）もまた無理心中（むりしんじゅう）のニュースがありました。

今天又有強迫殉情的新聞了。

---

❷ 名 他サ

しんそう
新装
重新裝潢

▶ あのデパートは来月（らいげつ）、新装（しんそう）オープンする予定（よてい）です。

那家百貨公司下個月預定重新裝潢開幕。

---

❶❷ 名 他サ

しんぱん
審判
裁判、審判

▶ 野球（やきゅう）の試合（しあい）の審判（しんぱん）をすることになりました。

決定擔任棒球比賽的裁判。

---

❷ 名

しんぶん
新聞
報紙

▶ いつも朝（あさ）ご飯（はん）を食（た）べながら、新聞（しんぶん）を読（よ）みます。

我都是邊吃早餐邊看報紙。

---

❶ 名 自他サ

しんぼう
辛抱
忍耐

類 我慢（がまん）・忍耐（にんたい）

▶ もう少（すこ）しの辛抱（しんぼう）です。

再忍耐一下！

▶ もうこれ以上（いじょう）は辛抱（しんぼう）できません。

已經再也無法忍耐了。

---

❷ 名

しんまい
新米
新手、新米

類 新人（しんじん）・新参（しんざん）

▶ まだ新米（しんまい）ですが、どうかよろしくお願（ねが）いします。

還是個新手，麻煩請多多指教。

❶ 名

親友 しんゆう
挚友

類 知友・知己 ちゆう ちき

▶ 桑原さんは私の親友で、いつも困ったことが
あったら相談に乗ってくれます。
くわはら わたし しんゆう こま
そうだん の

桑原小姐是我的好友，每當有困難的時候，總是和她商量。

すス

MP3-022

❶ 名

吸殻 すいがら
菸蒂

▶ 吸殻は灰皿の中にお願いします。
すいがら はいざら なか ねが

麻煩菸蒂請放進菸灰缸裡。

---

❶ ナ形

素敵 すてき
極好、極漂亮

▶ 素敵な物をいただき、有難うございました。
すてき もの ありがと

收到這麼棒的禮物，謝謝您！

---

❶ 名

頭脳 ずのう
人才、頭腦、腦力

▶ うちの会社は優れた頭脳を持つ人がたくさんい
ます。
かいしゃ すぐ ずのう も ひと

我們公司優秀的人才很多。

せセ・そソ

MP3-022

❸ 副

精一杯 せいいっぱい
盡全力

▶ 精一杯働いて、家を買いました。
せいいっぱいはたら いえ か

拚命工作，買了房子。

①名ナ形

<ruby>清<rt>せい</rt></ruby><ruby>楚<rt>そ</rt></ruby>

整潔、清秀

▶ <ruby>伊<rt>い</rt></ruby><ruby>東<rt>とう</rt></ruby>さんの<ruby>彼<rt>かの</rt></ruby><ruby>女<rt>じょ</rt></ruby>は<ruby>清<rt>せい</rt></ruby><ruby>楚<rt>そ</rt></ruby>な<ruby>顔<rt>かお</rt></ruby><ruby>立<rt>だ</rt></ruby>ちをしています。

伊東先生的女朋友長得很清秀。

⓪名

<ruby>世<rt>せ</rt></ruby><ruby>辞<rt>じ</rt></ruby>

奉承、恭維

▶ お<ruby>世<rt>せ</rt></ruby><ruby>辞<rt>じ</rt></ruby>がうまいですね。

你真會説話啊！

⓪名副

<ruby>折<rt>せっ</rt></ruby><ruby>角<rt>かく</rt></ruby>

難得、好不容易、
特意地

▶ <ruby>折<rt>せっ</rt></ruby><ruby>角<rt>かく</rt></ruby>の<ruby>休<rt>きゅう</rt></ruby><ruby>日<rt>じつ</rt></ruby>なのに、<ruby>社<rt>しゃ</rt></ruby><ruby>長<rt>ちょう</rt></ruby>から<ruby>出<rt>しゅっ</rt></ruby><ruby>張<rt>ちょう</rt></ruby>を<ruby>命<rt>めい</rt></ruby>ぜられました。

難得的休假，社長卻命令我出差。

▶ <ruby>折<rt>せっ</rt></ruby><ruby>角<rt>かく</rt></ruby>の<ruby>旅<rt>りょ</rt></ruby><ruby>行<rt>こう</rt></ruby>が、<ruby>台<rt>たい</rt></ruby><ruby>風<rt>ふう</rt></ruby>のせいで<ruby>台<rt>だい</rt></ruby><ruby>無<rt>な</rt></ruby>しになってしまいました。

難得的旅行，卻因颱風給毀了。

▶ <ruby>折<rt>せっ</rt></ruby><ruby>角<rt>かく</rt></ruby><ruby>準<rt>じゅん</rt></ruby><ruby>備<rt>び</rt></ruby>したのに、<ruby>水<rt>みず</rt></ruby>の<ruby>泡<rt>あわ</rt></ruby>になってしまいました。

好不容易做了準備，卻泡湯了。

⓪名自サ

<ruby>接<rt>せっ</rt></ruby><ruby>客<rt>きゃく</rt></ruby>

接待客人

▶ このレストランは<ruby>接<rt>せっ</rt></ruby><ruby>客<rt>きゃく</rt></ruby><ruby>態<rt>たい</rt></ruby><ruby>度<rt>ど</rt></ruby>も<ruby>悪<rt>わる</rt></ruby>いし、<ruby>料<rt>りょう</rt></ruby><ruby>理<rt>り</rt></ruby>もまずいので、もう２<ruby>度<rt>ど</rt></ruby>と<ruby>行<rt>い</rt></ruby>きません。

這家餐廳服務態度差，菜又難吃，所以不會再去第二次了。

⓪名ナ形

<ruby>絶<rt>ぜっ</rt></ruby><ruby>体<rt>たい</rt></ruby><ruby>絶<rt>ぜつ</rt></ruby><ruby>命<rt>めい</rt></ruby>

一籌莫展

▶ <ruby>絶<rt>ぜっ</rt></ruby><ruby>体<rt>たい</rt></ruby><ruby>絶<rt>ぜつ</rt></ruby><ruby>命<rt>めい</rt></ruby>の<ruby>状<rt>じょう</rt></ruby><ruby>態<rt>たい</rt></ruby>に<ruby>陥<rt>おち</rt></ruby>りました。

陷於一籌莫展的狀態。

❶ 副

是非
ぜひ
一定、務必、好歹

▶ 若いうちに、是非あちこち旅行に行ってみたいです。
一定要趁年輕的時候,去四處旅行看看。

▶ お暇がありましたら、是非遊びにいらしてください。
有空的話,請務必來玩。

❷ 名 他サ

世話
せわ
照顧、幫助

▶ 大きなお世話です。
多管閒事!

▶ 主人がいつもお世話になっております。
我先生一直受您照顧。

▶ 彼女は昔からとても世話好きな女性でした。
她從以前開始,就是非常喜歡照顧別人的女性。

❶ 名

喘息
ぜんそく
氣喘

▶ ずっと喘息に苦しんでいます。
一直為氣喘所苦。

❶ 名

銭湯
せんとう
公共澡堂

類 風呂屋
ふろや

▶ 日本に留学していたとき、よく銭湯に行きました。
在日本留學時,常常去公共澡堂。

❶ 名

前年
ぜんねん
去年、前幾年

類 昨年・去年
さくねん・きょねん
反 翌年
よくねん

▶ 今月の平均気温は前年と比べてずっと高いです。
這個月平均氣溫比去年高多了。

❶名

せんろ
線路
鐵軌、路線

▶ 線路の近くで遊ぶのは危険です。

在鐵軌附近遊玩很危險。

⓪名 他サ

そうかん
送還
遣返

▶ 不法外国人労働者を送還します。

遣返非法外勞。

⓪名 自他サ

そうきん
送金
匯款

▶ 留学中は、両親が定期的に送金してくれました。

留學期間，父母親定期匯款給我。

⓪名 他サ

そうしん
送信
傳送、發送

▶ この辺りは電波が届かないので、送信できません。

這附近收不到訊號，所以無法打手機。

❶名

そうろ
走路
跑道

▶ マラソンの走路はこちらです。

馬拉松的跑道是這邊。

⓪名 自他サ

そくたつ
速達
快遞

▶ 速達なら明日の朝までには着きます。

快遞的話，明天早上前會到

0 名 ナ形 自サ

たいくつ
退屈
無聊

▶ あの先生の授業はすごく<u>退屈</u>なので、サボりたいです。

那個老師的課很無聊，所以想蹺課。

---

0 3 1 名 ナ形

だいじ
大事
重要、要緊、寶貴

類 大切・肝心・
肝要・重要

反 小事

▶ お体をお<u>大事</u>に。

請保重身體。

▶ <u>大事</u>な話があるのですが、今よろしいでしょうか。

有重要的事想和你談，現在方便嗎？

▶ これは<u>大事</u>な資料ですから、なくさないように気を付けてください。

這是重要的資料，所以請小心不要弄丟。

---

3 名 ナ形 副

だいじょうぶ
大丈夫
沒問題、堅固

▶ ちょっと風邪気味ですが、<u>大丈夫</u>です。

覺得有點感冒，但不要緊！

---

0 ナ形

たいせつ
大切
重要

類 大事

▶ ずっと<u>大切</u>にしていた指輪をなくしてしまいました。

一直都很珍惜的戒指不見了。

---

0 名 ナ形 副

たいへん
大変
非常、糟糕了、辛苦

▶ この秘密がばれたら<u>大変</u>です。

這個祕密要是洩露出去就糟糕了。

0 名 自サ

たい めん
対面

相逢、見面

> 10年ぶりの対面だったので、緊張してほとんど何も話せませんでした。

相隔十年的再相逢，因為緊張，幾乎什麼話都説不出來。

---

0 名 ナ形

たか び しゃ
高飛車

強硬、高壓

類 こうあつてき い たけだか
高圧的・居丈高

> 彼女は高飛車なので、みんなに嫌われています。

因為她很強硬，所以被大家討厭。

---

0 名 他サ

だ さん
打算

計算、盤算

> 打算的な人間はいつか失敗するでしょう。

斤斤計較的人總有一天會失敗吧！

---

0 名 自サ

だっ せん
脱線

電車或火車出軌、
脱離本題

> 電車の脱線事故で、大勢の人が亡くなりました。

因電車的出軌事故，造成多人死亡。

---

0 名 自サ

だつ ぼう
脱帽

感到佩服、脱帽

> 先生の根気強さには脱帽させられます。

對老師的毅力感到佩服。

---

1 名

たん い
単位

學分、單位

> この単位を落としたら、卒業できません。

這科學分被當掉的話，就無法畢業。

> 今学期は２０単位取るつもりです。

這學期打算修二十個學分。

②①名

地方
ちほう
郷下、地區、地方

▶ 地方の学校に転校することになりました。
ちほう　がっこう　てんこう

決定轉學到鄉下的學校了。

⓪名

調子
ちょうし
狀況、聲調、格調

▶ 最近は体の調子が優れないので、どこにも行けません。
さいきん　からだ　ちょうし　すぐ　　　　　　　　い

最近身體狀況不好，所以哪裡都不能去。

①⓪名

長者
ちょうじゃ
富翁

類 お金持ち
かね も

▶ 彼は億万長者になるのが夢です。
かれ　おくまんちょうじゃ　　　　　　ゆめ

成為億萬富翁是他的夢想。

③名

張本人
ちょうほんにん
罪魁禍首、肇事者

▶ 騒動の張本人は彼です。
そうどう　ちょうほんにん　かれ

鬧事的罪魁禍首是他。

①名 他サ 文

調理
ちょうり
烹飪

▶ 昨日の残り物を調理して食べましょう。
きのう　のこ　もの　ちょうり　　た

把昨天剩下的東西料理一下吃吧！

① 名

体裁
てい さい

外表、體面、形式

類 見掛け・体面・
世間体

▶ 体裁のいい言い訳など、もう聞きたくありません。

冠冕堂皇的藉口什麼的，已經不想再聽了。

① 名 ナ形

丁寧
てい ねい

謹慎、周到、有禮貌

類 丁重・丹念
反 ぞんざい・乱暴

▶ もっと丁寧に扱ってください。

請更謹慎地處理。

① 名

定年
てい ねん

退休

▶ 来年、定年になったら、病院でボランティアをしようと思っています。

明年退休之後，想在醫院當義工。

① 名

出来
で き

做完、成果、交易、成績

同 でき

▶ 今日、選手の出来はとてもよかったです。

今天，選手的表現非常好。

▶ 出来の悪い生徒ですが、どうかよろしくお願いします。

雖然是成績不好的學生，但請多多指教。

① 名

手品
て じな

魔術

類 マジック

▶ これからみなさんに手品を披露します。

接下來變魔術給大家看。

0 名

てつぼう
鉄棒
單槓、鐵棍

▶ 鉄棒^{てつぼう}で遊^{あそ}んでいて怪我^{けが}をしてしまいました。
因玩單槓而受了傷。

0 ナ形

て みじか
手短
簡單、簡略

▶ お話^{はなし}は手短^{てみじか}にお願^{ねが}いします。
麻煩長話短説。

▶ 手短^{てみじか}に言^いえば、彼^{かれ}とは離婚^{りこん}するつもりです。
簡單來説，打算和他離婚。

0 名 他サ

でん ごん
伝言
留言、傳話
類 言付^{ことづけ}・メッセージ^{めっせじ}

▶ 伝言^{でんごん}をお願^{ねが}いしてもよろしいですか。
可以幫我留個話嗎？

▶ 相沢^{あいざわ}さんから伝言^{でんごん}はありませんか。
相澤小姐有沒有留言呢？

0 名 自サ

でん せん
伝線
脱線

▶ ストッキングが伝線^{でんせん}してしまいました。
絲襪脱線了。

とト
MP3-023

0 名

とう あん
答案
考卷

▶ 後^{あと}１０分^{じゅっぷん}で答案用紙^{とうあんようし}を回収^{かいしゅう}します。
再十分鐘收考卷。

▶ 答案^{とうあん}を出^だす前^{まえ}に何回^{なんかい}もチェック^{ちぇっく}しました。
交考卷前檢查過好幾遍了。

❶名自サ

どうきょ
同居
同住

▶ 今、両親と同居しています。

現在，和父母住在一起。

---

❸❷名自サ副

とうめん
当面
面對、當前、目前

類 とうぶん ちょくめん
当分・直面

▶ 経済を振興するのは当面の課題の１つです。

振興經濟是當前的課題之一。

---

❷❶名ナ形

とくい
得意
拿手、顧客、得意

反 にがて ふとくい
苦手・不得意・
しつい
失意

▶ マーボー豆腐は私の得意料理です。

麻婆豆腐是我的拿手菜。

▶ 古嶋さんはうちの会社の長年のお得意様です。

古嶋先生是我們公司多年的顧客。

▶ 得意先の名刺をなくしてしまい、連絡がとれません。

弄丟了顧客的名片而無法聯絡。

---

❶名

とくぎ
特技
專長、技能

▶ 飯田さんの特技は歌だけじゃなく、
踊りもです。

飯田小姐的專長不只是唱歌，還有舞蹈。

---

❹名

とこや
床屋
理髮廳

類 りはつてん
理髪店

▶ 午後、床屋へ散髪に行ったら、定休日で無駄足になりました。

下午去理髮店剪頭髮，結果因公休害我白跑一趟。

① 名

とっきょ
特許
専利

▶ すごいものを発明したので、今、特許を申請中です。

因為發明了很不錯的東西，所以現在申請專利中。

⓪ 名

とりしまりやく
取締役
董事

▶ 取締役が病気になり入院しました。

董事生病住院了。

⓪ 名 他サ

どろ ぼう
泥棒
小偷

▶ 最近、近所で下着泥棒の被害が多発しているそうです。

最近，聽説在附近內衣褲被偷而受害的很多。

なナ行｜なナ

MP3-024

③ 名

なな ひかり
七光
餘蔭

▶ 彼は親の七光で副社長になりました。

他靠著父母親的餘蔭成了副社長。

① 名

な はな
菜の花
油菜花

▶ 野原に菜の花が一面に咲いています。

原野上油菜花開滿一大片。

⓪ 名 ナ形

なまいき
生意気
狂妄、自大、傲慢

▶ 子供のくせにそんなことを言うなんて、生意気です。

明明是小孩卻說那種話，真是狂妄。

② 名

なまもの
生物
煮過的食物

▶ 私は生物が食べられません。

我不敢吃生的東西。

⓪ 名

なんちょう
難聴
聽力衰退

▶ 父が最近難聴になったので、補聴器を買ってあげました。

最近爸爸因聽力衰退，所以買了助聽器給他。

③⓪ 名 文

なんてん
難点
缺點、困難點

類 **欠点**

▶ 気が小さいのが彼女の難点です。

膽小是她的缺點。

⓪ 名 自サ

なんぱ
難破
海難

類 **難船**

▶ 大型台風の被害に遭い、たくさんの船が難破したそうです。

聽說遭遇大型颱風，許多船隻發生海難了。

❶名
にょうぼう
女房
老婆

類 妻・家内
反 亭主・主人・旦那

▶ うちの女房の作る料理は世界一です。

我家老婆做的菜是世界第一。

❷名
にんぎょう
人形
娃娃、玩偶

▶ 娘は夜、人形を抱いて寝ます。

女兒晚上抱著娃娃睡覺。

❷名
にんげん
人間
人

▶ 人間はいつか死ぬものです。

人遲早會死。

▶ 木下さんはすごく几帳面な人間です。

木下先生是非常一絲不苟的人。

❷名
にんじん
人参
紅蘿蔔

▶ 人参は目にいいと言われています。

大家都說紅蘿蔔對眼睛好。

▶ 今晩は人参と野菜でサラダにしましょう。

今晚用紅蘿蔔和蔬菜做沙拉吧！

❷名
ねこじた
猫舌
舌頭怕燙

▶ 猫舌なので、冷めないと食べられません。

因為怕燙，不放涼就沒辦法吃。

⓪ 名

熱湯
ねっとう
開水、熱水

▶ この傷跡は小さい時に、熱湯で火傷してできた傷です。

これがあと　ちい　とき　　ねっとう　やけど
きず

這個傷痕是小時候,被熱水燙到造成的傷。

のノ

❷ 名

熨斗
のし
在禮品上的禮籤

▶ お歳暮に熨斗はつけますか。
せいぼ　のし

要在年終禮物上貼上禮籤嗎?

❶ 名 ナ形

呑気
のんき
閒散、從容不迫、
漫不經心、安閒

▶ 娘は呑気な性格で、試験の前日でもまだのんびりしています。
むすめ　のんき　せいかく　　しけん　ぜんじつ

女兒因為個性過於閒散,所以即使是考試前一天還悠哉悠哉的。

はハ行｜はハ

⓪ 名

場合
ば あい
情況、時候

類 折・ケース・
おり　け　す
状況
じょうきょう

▶ それは場合によって違います。
ば あい　ちが

那會因情況而有所不同。

▶ 今回の試合は雨の場合、中止となります。
こんかい　しあい　あめ　ば あい　ちゅうし

這次的比賽若是下雨,就會取消。

▶ 中止の場合はこちらから電話でご連絡いたします。
ちゅうし　ば あい　　　　　でんわ　れんらく

取消時由我們這邊電話聯絡。

0 名 他サ

はいごう
配合
調配、調合
類 調合 (ちょうごう)

▶ このドリンクには豊富(ほうふ)なビタミンが配合(はいごう)されています。

這個飲料調配了豐富的維他命。

---

0 名 自サ

はたん
破綻
失敗、破產、破裂

▶ 私(わたし)たちの結婚生活(けっこんせいかつ)はついに破綻(はたん)をきたしました。

我們的婚姻生活終究破裂了。

---

0 名 自サ

はっか
発火
起火

▶ このレストランは台所(だいどころ)から発火(はっか)して、全焼(ぜんしょう)してしまいました。

這家餐廳從廚房起火,全部燒光了。

---

0 名

はるさめ
春雨
冬粉、春雨

▶ 今晩(こんばん)は春雨(はるさめ)を使(つか)った中華料理(ちゅうかりょうり)を作(つく)りましょう。

今晚用冬粉做中華料理吧!

---

0 名 ナ形 自サ

はんたい
反対
相反、反對

▶ その意見(いけん)には反対(はんたい)です。

反對那個意見。

▶ 私(わたし)の性格(せいかく)は主人(しゅじん)と正反対(せいはんたい)なので、よく喧嘩(けんか)になります。

因為我的個性和老公完全相反,所以常會吵架。

ひヒ

❶ 名 ナ形

ひっ し
必死
拚命

▶ 必死に走って、やっと電車に間に合いました。
拚命地跑，終於趕上電車了。

▶ 日本へ留学するために、必死に働いて貯金しています。
為了去日本留學，拚命工作存錢。

❶ 名 ナ形

ひ にく
皮肉
挖苦、諷刺

▶ 彼はいつも皮肉なことを言います。
他總是説挖苦的話。

ふフ

❷ 名 ナ形

ぶ あい そう
無愛想
冷淡

反 愛想

▶ 兄は無愛想なので女性になかなか好かれません。
哥哥很冷淡，所以怎麼也不受到女性喜愛。

❶ 名

ふう せん
風船
氣球

▶ あの右にある赤い風船をください。
請給我那個右邊的紅色氣球。

❶ 名 ナ形

ふう りゅう
風流
優美

類 風雅

▶ 風流な庭のある大きな家を持つのが夢です。
擁有優美的庭院的大房子，是我的夢想。

❷❶ 名 ナ形

不得手
ふ・え・て

不擅長

類 苦手
にがて

反 得手・得意
えて　とくい

▸ 不得手なので、やりたくないです。
ふえて

因為不擅長，所以不想做。

---

❶ 名 ナ形

無気味
ぶ・き・み

令人不快的、
可怕的、令人害怕

▸ あの人の笑い声は無気味です。
ひと　わら　ごえ　ぶきみ

那個人的笑聲令人害怕。

---

❷ 名 ナ形

不器用
ぶ・き・よう

笨手笨腳

▸ 私は生まれ付き不器用で、自信のない人間です。
わたし　う　つ　ぶきよう　じしん　にんげん

我是天生笨手笨腳、沒自信的人。

---

❶ 名 ナ形

無骨
ぶ・こつ

粗魯、不禮貌

▸ 彼は外見は無骨ですが、中身は優しい人です。
かれ　がいけん　ぶこつ　なかみ　やさ　ひと

他是外表粗魯、但內在溫柔的人。

---

❶ 名 ナ形

無事
ぶ・じ

平安、無過失、健康

▸ 無事で何よりです。
ぶじ　なに

平安比什麼都重要。

▸ 無事、家に着きました。
ぶじ　いえ　つ

平安到家了。

▸ 学園祭は無事に終わりました。
がくえんさい　ぶじ　お

園遊會圓滿結束了。

③名

節目 （ふしめ）
事物的轉折點、
竹子或木頭的節眼

▶ 結婚を節目（ふしめ）として、経済的（けいざいてき）に親（おや）から独立（どくりつ）することにしました。

決定把結婚當成轉折點，在經濟上從父母親那裡獨立。

---

②名ナ形

不精 （ぶしょう）
懶

同 無精（ぶしょう）

類 物臭（ものぐさ）

▶ 不精（ぶしょう）な格好（かっこう）はやめなさい。

不要打扮得邋邋遢遢的！

▶ 兄（あに）は出不精（でぶしょう）な人（ひと）で、まったくのお宅（たく）です。

哥哥是懶得出門的人，完全是個宅男。

⓪名ナ形

不審 （ふしん）
可疑

▶ 銀行（ぎんこう）の中（なか）で不審者（ふしんしゃ）を発見（はっけん）したので、警察（けいさつ）に通報（つうほう）しました。

因為在銀行發現了可疑人物，所以報警了。

⓪名ナ形

不正 （ふせい）
不當行為、非法

▶ 不正（ふせい）な行為（こうい）をしてはいけません。

不可以做非法的行為。

⓪②名ナ形

不敵 （ふてき）
無畏、大膽

▶ 彼（かれ）は勇敢（ゆうかん）で不敵（ふてき）な男（おとこ）です。

他是勇敢、大無畏的男人。

---

①名ナ形

不出来 （ふでき）
做得不好

反 上出来（じょうでき）

▶ このケーキの形（かたち）は不出来（ふでき）ですが、味（あじ）は悪（わる）くないです。

這個蛋糕的形狀雖然做得不好，但味道還不錯。

PART 3 容易誤解的日語

❷ 名 ナ形

不得意
ふ とくい

不擅長

類 不得手・苦手
ふ え て・にが て

反 得意・得手
とく い・とくて

▶ 私は数学が不得意です。
わたし すうがく ふ とくい

我不擅長數學。

---

❶ 名

吹雪
ふぶき

暴風雪

▶ 外は吹雪が吹いています。
そと ふぶき ふ

外面正吹著暴風雪。

---

❶ 名 ナ形

不平
ふ へい

牢騷、不滿

類 不満・不服・文句
ふ まん・ふ ふく・もん く

▶ 不平を言っても、何も始まりません。
ふ へい い なに はじ

發牢騷也沒用。

---

❷ 名 ナ形

不養生
ふ ようじょう

不注意健康

類 不摂生
ふ せっせい

▶ 「医者の不養生」（ことわざ）
い しゃ ふ ようじょう

「醫生反而不注意健康」（諺語）

---

❷ 名 ナ形

不用心
ぶ ようじん

危險、警覺性不夠、
粗心大意

▶ 鍵をかけないで出かけるなんて不用心です。
かぎ で ぶ ようじん

沒上鎖就出門，真是粗心大意。

---

❶ 名 自サ

奮発
ふん ぱつ

揮霍、血拼、發奮

▶ 母は奮発してシルクのドレスを買いました。
はは ふん ぱつ し る く ど れ す か

母親發狠買了絲質的禮服。

---

① 名 他サ

分別
ふん べつ

通情達理、判斷力

類 弁え
わきま

▶ 坂井さんは分別のある人です。
さか い　　　　　ふんべつ　　　　ひと

坂井先生是通情達理的人。

⓪ 名 自サ

閉口
へい こう

無奈、折服、
啞口無言

類 辟易
へきえき

▶ 母が値切る時のすごさには閉口します。
はは　 ね ぎ　とき　　　　　　　　へいこう

對媽媽殺價時的厲害模樣啞口無言。

---

② 名 ナ形

下手
へ た

差勁、笨拙、搞不好

反 上手
じょうず

▶ 私は口下手なので、人前でスピーチなんか絶対
わたし　くちべ た　　　　　 ひとまえ　 す ぴ ー ち　　　　　ぜったい
に無理です。
む り

由於我不擅言詞，所以絕對沒有辦法在眾人面前演講。

---

① 名 ナ形

便宜
べん ぎ

方便

▶ 学校側は研究のためにできるだけの便宜を図っ
がっこうがわ　　けんきゅう　　　　　　　　　べん ぎ　 はか
てくれました。

學校方面為了研究，盡可能給了我們方便。

⓪ 名 自他サ

勉強
べん きょう

唸書、學習、殺價

類 学習・勉学
がくしゅう　べんがく

▶ 夕べは 12 時まで勉強しました。
ゆう　　じゅうに じ　　べんきょう

昨晚唸書唸到了十二點。

▶ 今度の経験は、いろいろ勉強になりました。
こん ど　 けいけん　　　　　　　べんきょう

這次的經驗，學到了很多東西。

▶ 勉強不足で、希望の大学に受かりませんでした。
べんきょう ぶ そく　　き ぼう　 だいがく　 う

因為沒好好唸書，所以沒考上想唸的大學。

へんじょう
返上
0 名 他サ
歸還

▶ 休日を返上して、仕事をしています。

放棄假日而正在工作。

へんにゅう
編入
0 名 他サ
插班、編入

類 組入れる（くみいれる）

▶ 今年、編入試験を受けることにしました。

今年,決定參加插班考試了。

ほホ　　　　　　　　　　　　　　　　　　　　　　　　　　　MP3-025

ほうちょう
包丁
0 名
菜刀

▶ 包丁で大根を千切りにしてください。

請用菜刀把蘿蔔切成細絲。

ぼっとう
没頭
0 名 自サ
專心致志、埋頭

▶ 卒論の締め切りが近いので、執筆に没頭しています。

由於畢業論文的截止日接近了,所以埋頭書寫中。

ほよう
保養
0 名 自サ
靜養、療養

類 静養・休養（せいよう・きゅうよう）

▶ 田舎の温泉地でのんびり保養したいです。

想在鄉下的溫泉區悠閒地靜養。

⓪ 名 ナ形

本当
ほんとう
真的、實在是
反 嘘
うそ

▶ 本当の話をしてください。
ほんとう　はなし
請說實話。

▶ 本当に申し訳ございません。
ほんとう　もう　わけ
真的是很抱歉！

▶ この店の料理は本当においしいです。
みせ　りょうり　ほんとう
這家店的菜實在是好吃！

まマ行｜まマ

⓪ 名 ナ形

真面目
まじめ
認真
反 不真面目
ふまじめ

▶ 五十鈴さんは辛抱強くて、真面目な人です。
いすず　しんぼうづよ　まじめ　ひと
五十鈴小姐是忍耐力強又認真的人。

⓪ 名

麻薬
まやく
毒品、麻藥

▶ 三島さんは麻薬密輸の罪で、逮捕されました。
みしま　まやくみつゆ　つみ　たいほ
三島先生以走私毒品的罪名而被逮捕了。

⓪ 名

麻雀
まーじゃん
麻將

▶ 賭け麻雀は違法です。
か　まーじゃん　いほう
打麻將賭博是違法的。

② 名

魔法瓶
まほうびん
熱水瓶

▶ 魔法瓶を買うなら日本製がお薦めです。
まほうびん　か　にほんせい　すす
如果要買熱水瓶的話，推薦日本製的。

③ 名

まんじゅう
饅頭

豆餡的點心、包子

▶ 温泉地に行ったら、温泉饅頭を食べてみるといいですよ。

到溫泉區的話，吃吃看溫泉包子不錯喔！

⓪ 名

みず むし
水虫

香港腳

▶ 台湾は湿度が高いので、水虫になり易いです。

台灣濕度高，所以容易得香港腳。

▶ この薬は水虫によく効きます。

這個藥對香港腳很有效。

⓪ 名

み まい
見舞

問候、探望

▶ 安室さんの手術は無事に済んだそうなので、病院へ見舞に行くつもりです。

聽說安室小姐的手術很成功，所以打算去醫院探望。

① 名 ナ形

み れん
未練

依戀、依依不捨

類 心残り・残念

▶ 過去に未練はありません。

對過去不留戀。

⓪ 副

む しょう
無性

非常、極端、一股勁

類 無暗・矢鱈・一途

▶ 日本に住み初めた時は、毎日無性に国へ帰りたかったです。

剛住日本時，每天都非常地想回國。

❸ 名

むすめ
娘
女兒、少女

▶ 娘は今年 20歳になったばかりです。
女兒今年剛滿二十歲。

⓿ 名

む だん
無断
擅自

▶ 無断で会社を欠勤してしまいました。
擅自沒來上班。

---

❶ 名 ナ形

む ちゃ
無茶
胡亂、蠻橫、過分

▶ まだ病人なのですから、無茶はしないでください。
因為還是病人，所以請別亂來。

⓿ 名 ナ形

む ちゅう
夢中
沉迷、熱衷

▶ 最近、宮本さんは賭博に夢中になり、奥さんは困っています。
最近，宮本先生沉迷於賭博，太太很頭疼。

---

❷ 名 ナ形

む てっぽう
無鉄砲
魯莽、不考慮後果

▶ 彼女は無鉄砲な男性に惚れてしまいました。
她戀上了魯莽的男人。

⓿❶ 名 ナ形

む よう
無用
不可、不用

▶ 余計な心配は無用です。
不用多操心。

①名 ナ形 自サ

むり
無理
勉強、不可能、
不講理、強迫

▶ 食べきれないなら、無理しなくてもいいですよ。
吃不完的話，不用勉強也沒關係喔！

▶ この時間、駅まで１時間で着くのは無理です。
這個時間，一個小時要到車站是不可能的。

⓪名

むりょう
無料
免費

同 ただ・フリー
反 有料（ゆうりょう）

▶ ここではお茶の無料サービスがあるそうです。
聽說這裡有提供茶水的免費服務。

⓪名

めいし
名刺
名片

▶ 得意先の名刺をなくしてしまい、連絡がとれません。
弄丟了顧客的名片而無法聯絡。

①名 ナ形 自サ

めいわく
迷惑
麻煩

類 面倒（めんどう）

▶ ご迷惑をおかけし、本当にすみません。
給您添麻煩，真是對不起。

▶ いつも両親に迷惑をかけてばかりいて、申し訳なく思っています。
老是給父母添麻煩，覺得很過意不去。

①ナ形 副

めった
滅多
很少（接否定）

▶ 小山さんが会社を休むことは滅多にありません。
小山先生很少跟公司請假。

▶ 主人は滅多に家事を手伝いません。
老公很少幫忙做家事。

❸ 名 ナ形

めんどう
面倒
麻煩、照顧
類 **めいわく**
迷惑

▶ まいにちそうじ めんどうくさ しゅう いっかい
毎日掃除するのは面倒臭いので、週に1回する
ことにしています。

每天打掃很麻煩，所以決定一星期一次。

▶ むかし りょうしん しょうばい いそが あね わたし めんどう
昔は両親が商売で忙しく、姉がいつも私の面倒
み
を見てくれました。

以前父母忙著做生意，都是姊姊在照顧我。

▶ いがらし めんどうみ ひと
五十嵐さんは面倒見のいい人です。

五十嵐小姐是很會照顧人的人。

もモ

MP3-026

❶ 名

もくぜん
目前
眼前、當下
類 **がんぜん め まえ**
眼前・目の前

▶ そつろん し き もくぜん せま
卒論の締め切りが目前に迫っています。

畢業論文的截止期限迫在眼前。

❶ 名

もち
餅
年糕

▶ もち や
餅は焼いたほうがおいしいです。

年糕用烤的比較好吃。

❶ 副

も はや
最早
已經
類 **すで**
既に・もう

▶ ちち も はや よ
父は最早この世にはいません。

父親已經不在這世上。

0 名

模様
もよう

花紋、情況、趨勢
類 有様・様子

▶ 当時の模様はすでに忘れてしまいました。

當時的情況已經忘記了。

▶ 縞模様のスカートを買いました。

買了條紋花樣的裙子。

1 名

文句
もんく

不滿、話語、挑毛病
類 不満・不平・不服

▶ 文句を言っても、何も始まりません。

發牢騷也沒用。

▶ 社長はいつも私の仕事に文句を付けます。

社長總是愛挑我工作上的毛病。

▶ 彼の実力には文句の付けようがありません。

他的實力沒得挑剔。

やヤ行｜やヤ

MP3-027

0 名

薬缶
やかん

燒開水的水壺

▶ この薬缶は水が沸いたら、自動的に鳴ります。

這個水壺，水燒開後會自動鳴叫。

3 4 名

焼餅
やきもち

吃醋、嫉妒、烤年糕

▶ 彼女はすぐ焼餅を焼きます。

女朋友愛吃醋。

0 名 他サ

やくそく
約束
約定、約會、規則

▷ 約束はちゃんと守りなさい。
好好遵守約定！

▷ 約束の時間通りに着きました。
照約定的時間到達了。

▷ 約束したのに、彼女にすっぽかされました。
約好了，卻被女朋友放了鴿子。

3 0 名

やくみ
薬味
佐料、薑、蔥蒜等
香料

▷ ざる蕎麦には葱やしょうがなどの薬味がよく合います。
蔥或薑等佐料對竹簍蕎麥麵，很合。

0 名

や じ うま
野次馬
起鬨的人、
看熱鬧的人

▷ 火事の現場にはたいてい野次馬が集まります。
火災現場通常會聚集看熱鬧的人。

PART 3 容易誤解的日語

ゆユ
MP3-027

1 名

ゆ
湯
開水、熱水、溫泉、
洗澡水、澡堂

▷ 湯加減はどうですか。
洗澡水的溫度如何呢？

0 名 他サ

ゆうかい
誘拐
綁架、誘拐

▷ 政治家の娘が誘拐され、巨額の身代金が要求されました。
政治家的女兒被綁架，被要求了巨額的贖金。

235

⓪ 名

有料
ゆうりょう
收費

反 無料・ただ・
むりょう
フリー
ふり

▶ 最近はどこのスーパーでも、レジ袋は有料です。
さいきん　　　　　　　　　　　　　れじぶくろ　ゆうりょう

最近不管是哪裡的超市，購物袋都要收費。

⓪ 名

床
ゆか
地板

▶ 床が汚れているので拭いてください。
ゆか　よご　　　　　　　　　　ふ

因為地板髒了，請擦一擦。

⓪ 名 自サ

油断
ゆだん
疏忽、粗心大意

▶ 相手は相当な曲者なので、油断は大敵です。
あいて　そうとう　くせもの　　　　　ゆだん　たいてき

對方老奸巨猾，所以不可掉以輕心。

---

③ 名

湯飲
ゆのみ
茶杯

▶ 母は新しい湯飲を買いました。
はは　あたら　　ゆのみ　か

母親買了新的茶杯。

---

① 名 他サ

用意
ようい
準備

類 準備・仕度・備え
じゅんび　したく　そな

▶ 今、夕飯の用意で忙しいので、話は後にしてください。
いま　ゆうはん　ようい　いそが　　　　　はなし　あと

現在忙著準備晚飯，所以有話請待會說。

▶ 彼は用意周到な性格です。
かれ　ようい　しゅうとう　せいかく

他是準備周到的性格。

0 名

よう じ
用事
事情

▶ 用事があるので、お先に失礼します。
　よう じ　　　　　　　　　　さき　しつれい

因為有事情，所以先告辭。

---

1 名 自サ

よう じん
用心
謹慎、小心、注意
類 注意・謹慎
　ちゅう い　きんしん

▶ 彼には用心したほうがいいですよ。
　かれ　　　よう じん

對他要小心點比較好喔！

---

0 名

よ び こう
予備校
升學的補習班

▶ 明日、予備校で模擬試験があります。
　あした　 よ び こう　 も ぎ し けん

明天，補習班有模擬考。

---

0 名

よめ
嫁
新娘、媳婦、妻子
反 婿
　むこ

▶ 姉は明日、お嫁に行きます。
　あね　あした　　よめ　 い

姊姊明天出嫁。

▶ 嫁 姑 の関係は悪化する一方です。
　よめしゅうとめ　 かんけい　 あっ か　　 いっぽう

婆媳關係不斷惡化。

らラ行｜らラ

MP3-028

---

0 名 自サ 文

らい にち
来日
（外國人）
來日本

▶ アメリカの大統領が来月、来日するそうです。
　あ め り か　　だいとうりょう　 らいげつ　 らいにち

聽説美國總統下個月要來日本。

②名ナ形

らく
楽

輕鬆、簡單、舒服、
容易

類 容易・簡単・易しい

反 苦・大変・難しい

▶ 自分で車を運転するより、電車に乗ったほうが
楽です。

搭電車比自己開車輕鬆。

▶ 幼稚園の先生の仕事は楽ではありません。

幼稚園老師的工作不輕鬆。

---

①名他サ文

らち
拉致

綁架

▶ 少女が何者かに拉致され、数日後、死体で発見
されました。

少女不知被什麼人綁架，幾天後，屍體被發現了。

るル・れレ
MP3-028

①名自サ

るす
留守

不在

▶ 夕べお宅に行ったけど、留守でした。

昨晚去了你家，但沒人在。

▶ 後で保険会社の人が来るので、居留守を使うこ
とにしましょう。

待會保險公司的人要來，所以假裝不在家吧！

---

①名

れいき
冷気

冷氣

▶ 夜になると、山の冷気は身にしみます。

一到晚上，山裡的寒氣會刺骨。

ろロ

❶ 名 自サ

ろうにん
浪人
重考生

▶ 妹は去年大学受験に落ち、今は浪人中です。

妹妹去年大學落榜，現在是重考生。

❶ 名

ろうば
老婆
老太婆、
（苦口）婆心

類 ろうじょ
老女

▶ 痩せ細った老婆が河原に倒れているので、救急車を呼んでください。

消瘦的老太婆倒在河邊，所以請叫救護車。

▶ 大河さんの行為はただの老婆心からなので、誤解しないでください。

大河小姐的行為只是出於一片好心，所以請別誤會。

わワ行｜わワ

❶ 副

われさき
我先に
爭先恐後地

類 われ が
我勝ちに

▶ デパートの火事が発生した時、誰もが我先に出口から逃げ出しました。

百貨公司發生火災時，任誰都是爭先恐後地從出口逃了出來。

日本慣用語
急轉彎

した　ま
舌を巻く
喇舌！？這是什麼意思呢？

① 佩服　　　② 饒舌　　　③ 口才好

①：答案

國家圖書館出版品預行編目資料

史上最強大好記實用日語 / 陳怡如著
-- 初版 -- 臺北市：瑞蘭國際, 2019.09
240 面；19×26 公分 --（日語學習系列；44）
ISBN：978-957-9138-34-5（平裝）
1. 日語 2. 詞彙
803.12   108014480

日語學習系列 44

史上最強大好記實用日語

作者｜陳怡如
責任編輯｜葉仲芸、王愿琦
校對｜陳怡如、葉仲芸、王愿琦
特約校對｜葉紋芳

日語錄音｜こんどうともこ
錄音室｜采漾錄音製作有限公司
視覺設計｜劉麗雪
美術插畫｜614

瑞蘭國際出版

董事長｜張暖彗 · 社長兼總編輯｜王愿琦

編輯部

副總編輯｜葉仲芸 · 副主編｜潘治婷 · 文字編輯｜林珊玉、鄧元婷
設計部主任｜余佳憓 · 美術編輯｜陳如琪

業務部

副理｜楊米琪 · 組長｜林湲洵 · 專員｜張毓庭

出版社｜瑞蘭國際有限公司 · 地址｜台北市大安區安和路一段 104 號 7 樓之一
電話｜(02)2700-4625 · 傳真｜(02)2700-4622 · 訂購專線｜(02)2700-4625
劃撥帳號｜19914152 瑞蘭國際有限公司
瑞蘭國際網路書城｜www.genki-japan.com.tw

法律顧問｜海灣國際法律事務所　呂錦峯律師

總經銷｜聯合發行股份有限公司 · 電話｜(02)2917-8022、2917-8042
傳真｜(02)2915-6275、2915-7212 · 印刷｜科億印刷股份有限公司
出版日期｜2019 年 09 月初版 1 刷 · 定價｜399 元 · ISBN｜978-957-9138-34-5

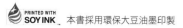
本書採用環保大豆油墨印製